Au profit de la Délivrance du Territoire
par les Dames de France

RÉSUMÉ DE CRITIQUE

SUR

LES CHATIMENTS

DE VICTOR HUGO

ET

LES PETITES SATIRES DE L'ÉPOQUE

AVÉC COMMENTAIRES PAR L'AUTEUR

GERMAIN

CLERMONT-FERRAND

TYPOGRAPHIE DUCROS - PARIS, LIBRAIRE ET LITHOGRAPHE
Rue Saint-Genès, 5

—

1872

RÉSUMÉ DE CRITIQUE

TABLE DES MATIÈRES.

—

1re PARTIE.

Résumé de critique sur *les Châtiments*, de Victor Hugo.

2me PARTIE.

———

Ⓒ

Au profit de la Délivrance du Territoire
par les Dames de France

RÉSUMÉ DE CRITIQUE

SUR

LES CHATIMENTS

DE VICTOR HUGO

ET

LES PETITES SATIRES DE L'ÉPOQUE

AVEC COMMENTAIRES PAR L'AUTEUR

GERMAIN

CLERMONT-FERRAND

TYPOGRAPHIE DUCROS - PARIS, LIBRAIRE ET LITHOGRAPHE
Rue Saint-Genès, 5

——

1872

PRÉFACE.

De l'harmonie poétique.

Chacun a d'autant plus de discernement sur l'harmonie qu'il a plus d'oreille. L'oreille est un organe sensible, susceptible de jouir et de souffrir.

L'oreille juge sans réfléchir ; elle admet ou repousse instantanément.

Quel est cet appareil acoustique en lequel s'opèrent tant de comparaisons en un instant si rapide ? — L'oreille sent dans chaque type ; pourtant elle se perfectionne chez quelques-uns, raffinant leur audition par des études d'après lesquelles l'illusion joue un plus grand rôle relativement que le sentiment primitif. L'illusion peut donc satisfaire aux sens. Que sont les sens ? qu'est l'illusion ?

On ne sait ; mais on dit que l'illusion est l'antithèse d'une faculté qui se mire sur une case voisine dans l'encéphale... et sur laquelle, par suite d'un énervement général ou localisé, elle se persuade se voir elle-même.

Les sens sont des appareils organiques qui perçoivent chacun un événement particulier à chacun..... analysent l'essence dominante de cet événement, trient le bon et le mauvais et s'irritent en plus ou en moins... selon que le bon ou le mauvais domine... C'est long ; mais c'est obscur. Ces définitions se multiplient d'âge en âge, de sorte que pour savoir ce qu'on a pensé à telle ou telle époque, on n'a pas le temps de penser soi-même.

L'harmonie des sons musicaux est définie ; on n'a pas de peine à admettre qu'un accord est bon s'il est exécuté selon les règles. On a donc tracé des règles, on les a suivies. On a atteint le plus haut degré de la mélodie.

Dans la prononciation de chaque mot, il est des sons. Si les accents de la parole font moins vibrer les sens que la mélodie, la pensée exprimée en une heureuse combinaison de mots fait plus fortement vibrer l'âme encore.

La pensée grande et généreuse, de quelle manière qu'elle soit exprimée, trouve toujours du retentissement : telle âme se dilate, l'autre se trouble, sanglotte ou prend des résolutions sublimes. Si donc la pensée est plus puissante qu'un accord, pourquoi ne pas perfectionner son expression, afin que les sens et l'esprit soient en même temps flattés ?

Chaque langue s'exprime au moyen de mots qui, arrangés selon certaines conventions grammaticales, forment une phrase ou une période, lesquelles renferment la pensée. La pensée est infinie. Elle se peut exprimer sur des variantes infinies. Il faut donc chercher d'abord, après avoir rendu son idée clairement, à substituer par la voie des synonymes à des mots discordants des mots d'une prononciation plus douce, tout en sauvegardant les intérêts de la pensée.

Les mots de chaque langue ont été formés sur les racines de langues plus anciennes. On n'a point pris garde apparemment à la combinaison la plus heureuse des diverses articulations. Les mots sont consacrés par l'usage ; on ne peut les admettre que pour leur valeur exacte. De cela, il résulte que l'harmonie poétique est entre les mains du hasard. A moins de tours de force surhumains, on ne peut obtenir un morceau parfait de poésie. Si l'on ne laisse de côté l'idée pour accoupler des mots, on accouche de sa pensée à l'état sauvage.

Corneille sacrifie souvent l'harmonie à la force du langage. Racine est presque toujours harmonieux. Boileau suit scrupuleusement les règles de l'harmonie ; Voltaire, en général, ne s'en éloigne guère, quoiqu'il s'attache plutôt à la clarté et à la précision, tout en négligeant la rime.

Laharpe a un goût intellectuel raffiné ; Marmontel, Sainte-Beuve, ont l'autorité que donnent le savoir et la spécialité d'un art ou d'une science.

Un poëte de second ordre, Lamartine, est doux, d'une grande homogénéité dans son style. Casimir Delavigne n'a rien qui choque dans ses bonnes tragédies et celle inachevée, Mélusine ; Victor Hugo, pour trop souvent mettre en relief une vaste érudition, groupe bizarrement les mots les plus durs sans compter avec les règles de versification qu'il viole de parti pris. Cet écrivain, qui eût de si beaux éclairs de génie dans sa jeunesse, semble n'être poëte ensuite que pour décrire des *cauchemars affreux* sous des *voûtes sombres* où l'*horreur fantastique* déroule sans cesse des tableaux de plus en plus affreux. Il semble qu'une grande déception ait brisé son existence en deux : une d'études profondes, de créations quoique sans méthode, où il a bégayé les premières lettres d'une langue nouvelle, et l'autre où l'imagination est toujours aussi grande, mais est déréglée.

La combinaison des voyelles et des consonnes donne des sons harmonieux. En créant un type de mots harmonieux, sans s'attacher à leur signification, les mots de chaque langue qui s'en approcheront le plus seront les mots les plus harmonieux.

I. Les voyelles et les consonnes alternées donnent de doux sons : zéphyr (zéfir) zénon. La langue française est un assez bon mélange de voyelles et de consonnes. Les pays méridionaux et l'ancienne Grèce ont des langues plus harmonieuses encore.

II. Le rapprochement de deux ou de plusieurs consonnes est dur. Exemple : *substituer, Agamemnon, exception.* — Toutefois le redoublement d'une consonne fait exception à la règle précédente. Exemple : *occuper, narration, assoupir.*

III. Deux mêmes consonnes qui se suivent dans deux articulations voisines sont discordantes. Exemple : *Têtu, quoique.* — L'r peut toujours suivre une autre consonne. Exemple : *Hydromel, carmel.*

Il est des consonnes qui ont presque la même consonnance et qui sont classées dans la règle précédente. Telles sont : *b* et *p, d* et *t, f* et *v* ; exemple : *dette, five.*

IV. Deux ou plusieurs voyelles qui se suivent, et qui forment l'hiatus conséquemment, sont dures. Exemple : *Laïus.*

V. Deux voyelles semblables dans un mot sont encore plus dures : *créé.*

VI. Deux ou plusieurs voyelles qui se heurtent dans deux mots différents sont prohibées. Exemple :... *y a eu à Avignon...*

VII. Deux voyelles qui se heurtent entre deux vers ne sont supportables que si le sens est suffisamment suspendu après le premier vers. Exemple :

Leur vue à l'honnête homme inspire un mâle en*nui.*
Envieux consumé de rages puériles.   Victor Hugo.

CRITIQUE

SUR

LES CHATIMENTS

DE VICTOR HUGO

—

NOX.

2. — Prince! il faut en finir, — *cette nuit est glacée,*
3. — *Viens, lève-toi!* Flairant dans l'ombre les escrocs.

Faut-il en finir parce que la nuit est glacée? cet hémistiche est-là pour la rime, ne se lève-t-on avant de marcher?

5. — Quoique mis *par Carlier à la* chaîne il *a*boie

Est un vers barbare.

13. — Mets *ta main sur ta lampe* et viens d'un pas oblique
14. — Prends ton couteau, *l'instant* est bon : la *République,*
15. — Confiante, et sans voir tes yeux sombres *briller*
16. — Dort , avec ton serment, prince, pour *oreiller.*
17. — *Cavaliers,* fantassins, sortez! *dehors les hordes*

Ta main sur ta lampe ne doit point se dire.

La césure est insuffisante ; un enjambement de ce genre est insupportable dans un alexandrin.

Briller, oreiller, cavaliers, aussi rapprochés, font un son désagréable. *Dehors les hordes* est plus désagréable encore.

21. — Chassez la haute *cour à coups* de plat de sabre!

cour à coups est très dur.

1.

23. — Vous, bourgeois, regardez, vil troupeau; *vil limon*

Vers mal construit grammaticalement; il n'y a point assez d'analogie entre un troupeau et le limon pour qu'on en qualifie le même substantif. *Vil limon* est un peu dur.

26. — Les tribuns pour le droit luttent : qu'on les égorge

Inversion peu élégante. Césure mauvaise.

18. — Frappez! tuez Baudin! tuez Dussoubs! tuez!

Cette répétition, qui n'ajoute pont de force, et qui est contre l'harmonie, est répréhensible.

32 — Sabrez le droit, sabrez l'honneur, sabrez la loi!

Cette figure est trop hardie pour qu'on la répète trois fois dans un vers. La césure est mauvaise.

37. — Tuez-moi cet enfant. Qu'est ce que cette femme?
38. — C'est la mère? tuez. Que tout ce peuple infâme
39. — Tremble,.....

Infâme n'est pas le mot propre. Il est là pour rimer avec *femme*, avec lequel il rime imparfaitement, dans femme (fame) l'a est fermé et dans infâme il est ouvert. Mais la faute est légère : les grands maîtres l'ont commise.

40. — Ce Paris odieux bouge et résiste. Allons!

Bouge ne s'emploie même pas dans le genre grotesque. C'est un mot trop populaire pour entrer dans un vers; pourtant le substantif *bouge*, bien employé, pourrait s'élever jusqu'à la poésie.

41. — Qu'il sente le mépris, sombre et plein de vengeance.

Sombre n'est pas le mot propre. Dans la poésie et l'éloquence, il faut employer les épithètes avec beaucoup de modération; que celles dont on se sert soient nécessaires et justes.

45. — Qu'il meure! qu'on le broie et l'écrase et l'efface!
46. — Noirs canons, crachez-lui vos boulets à la face.

Ce second vers, qui est là pour la rime, gâte la beauté du précédent: Quand une armée est broyée, écrasée, effacée même, à quoi bon lui jeter des boulets à la face?

Ce langage ironique, que tient Hugo du milieu de cette poésie à la fin, est outré. On sent plus l'extravagance de la narration que de l'horreur pour ¡Bonaparte. Les idées sont forcées. Dans quarante-six vers, il y en a deux de bons.

II.

1. — C'est fini ! Le silence est partout, et l'horreur.

On ne pardonnerait cette forme grammaticale que si le vers était construit selon les règles de la versification.

5. — Voit les brasiers trembler au vent et rayonner.

Ce vers manque d'élégance. Les deux demi-hiatus le rendent dur à l'oreille. *Rayonner* n'est pas le mot propre.

12. — Le soldat, gai, féroce, ivre, complice obscur,

Toutes ces épithètes affaiblissent la narration. *Obscur* n'est pas le mot propre.

15. — On boit, on rit, on chante, on ripaille; on amène
16. — Des vaincus qu'on fusille, hommes, femmes, enfants,

Cinq *on* dans un Alexandrin qui finit par un enjambement! c'est intolérable. Le dernier vers contient un sollécisme de phrase.

20. — Courons féliciter l'Elysée à présent.
21. — Du sang dans les maisons, dans les ruisseaux du sang.
22. — Partout! pour enjamber ces effroyables mares,

Sent (zent) ne rime pas avec sang (çang).

Un vers qui se résume dans un mot qui commence le vers suivant est selon les règles opposées à celles de de l'art. *Effroyables* est un mot oiseux.

30. — Que vous ne serez pas obligés d'être intègres.

On est intègre par sentiment; mais on ne force point à être intègre.

31. — Que Mandrin dotera vos dévouements allègres,

On dote quelqu'un ; mais non le dévouement, le devoir. L'humeur peut être allègre ; mais le dévouement ne l'est pas.

33. — Qu'il a pris le budget, que vous ne risquez rien,

Cette phrase n'est pas logique. De ce que Mandrin a tout pris, est-ce une raison pour que vous ne manquiez de rien ?

34. — Qu'il a bien étranglé la loi, qu'elle est bien morte,
35. — Et que vous trouverez ce cadavre à sa porte,

Le second hémistiche est un pléonasme du premier, et le second vers est un autre pléonasme de ces deux hémistiches. D'après le sens exprimé ici, il faudrait *son cadavre* au lieu de *ce cadavre*. Mais Hugo a senti qu'il serait trop ridicule de dire *le cadavre de la loi* ; il a cru diminuer le ridicule au moyen du démonstratif ; il n'y a réussi qu'aux yeux des lecteurs superficiels.

L'auteur se répète encore à la fin de ce morceau.

40. — Prosternez-vous devant l'assassin tout-puissant,
41. — Et léchez-lui les pieds, pour effacer le sang.

Ces deux vers seraient très-heureux sans les deux fautes de versification.

Le premier hémestiche ne doit pas finir par une preposition quand le complément est dans l'hémistiche suivant.

Voltaire a fait un mauvais vers pour faire sentir cette faute :

Adieu, je m'envais à Paris pour mes affaires.

La césure est donc mauvaise après *devant*.

Toutefois, on a trouvé que le sens était suffisamment suspendu après *au-devant, devant, derrière* quand le complément est sous-entendu. Par exemple :

> L'avenir est devant, et le passé derrière.

Sang et *puissant* ne peuvent rimer au singulier.

Le g et le t devant une voyelle se prononcent différemment, tandisqu'au pluriel le g et le t deviennent muets, et la liaison est celle de l's dans les deux cas.

Presque toutes les rimes de ces poésies sont plus que suffisantes. Les mots rimant ensemble sont recherchés avec soin ; les phrases sont courtes, les coq-à-l'âne fréquents, les épithètes nombreuses.

III.

Le morceau suivant se compose d'alexandrins et d'hémistiches alternés dont les rimes sont croisées. On peut tirer de la combinaison des vers de différents mètres une belle harmonie ; mais non d'alexandrins et de demi-alexandrins qui se succèdent dans le même ordre. C'est un arrangement déterminé d'avance et auquel on asservit le sens qu'on doit développer.

1.—Donc cet homme s'est dit.....

Est prosaïque.

11. —Je ferai mieux : Je vais enfoncer à la France
12. — Mes ongles dans le cou

Est un barbarisme de phrase.

On doit dire : enfoncer mes ongles dans le cou de la France.

13. —La France libre et fière et chantant la Concorde,
14. — Marche à son but sacré,

Libre, et, fière, et..... mots de *remplissage*.
Sacré n'est pas le mot propre.

19. — C'est moi, certes! Il aura la fanfare de gloire,
20. ————————J'aurai le sac d'argent.

Il serait mieux de dire : et moi le sac d'argent.

21. — Je me sers de son nom: splendide et vain tapage,
22. ————————Tombé dans mon berceau.
23. — Le nain grimpe au géant. Je lui laisse sa page....

Le premier vers est chargé d'épithètes oiseuses. Le
3me hémistiche dit une chose inutile ; ce sont des fautes
légères, car si l'on ne pouvait, au moyen de quelques
mots complaisants, remplir l'espace exigé par la mesure
que laisse vide la pensée, il serait trop difficile de faire
des vers français. Que vient faire entre un *vain et
splendide tapage* et un *nom qui tombe dans le berceau*, cet hémistiche :

24. ————————Le nain grimpe au géant?

Cela n'est ni clair, ni bien français.
L'auteur a voulu dire que Bonaparte s'attachait à
Napoléon I comme le lierre au chêne, et qu'il atteignait
ainsi la cime du géant ; l'image est trouble. Du reste,
un autre hémistiche, séparé seulement de celui-ci...
par :

23. ————————Je lui laisse sa page,
24. ————————Mais j'en prends le verso.

Explique un peu l'image en question....

25. —Je me cramponne à lui ! C'est moi qui suis le maître :
26. ————————J'ai pour sort et pour loi
27. —De surnager sur lui dans l'histoire, ou peut-être
28. ————————De l'engloutir sous moi.

On ne peut dire qu'on a pour loi de surnager et d'engloutir. On se fait difficilement l'idée *d'un lierre qui grimpe au géant, lequel lierre surnage sur ce géant et l'engloutit même.* On nage dans l'eau ; mais on ne nage point sur un homme. On s'engloutit dans un gouffre ou dans les flots, mais on n'engloutit point un homme sous soi.

29.—Moi, chat-huant, je prends cet aigle dans ma serre.
30.———————Moi si bas, lui si haut,
31.—Je le tiens, je choisis son grand anniversaire ;
32.———————C'est le jour qu'il me faut.
33.—Ce jour-là, je serai comme un homme qui monte
34.———————Le manteau sur ses yeux ;...

Pèche par l'arrangement des membres de phrase et la clarté de l'exposé. Les comparaisons sont embrouillées :

Un chat-huant qui est bas tient dans ses serres (?) un aigle qui est haut, et au jour qu'il lui faut, c'est-à-dire au grand anniversaire, il fait comme un homme qui monte le manteau sur ses yeux...

41.—Alors il vint, cassé de débauches, l'œil terne,
42.———————Furtif, les traits pâlis,
43.—Et ce voleur de nuit alluma sa lanterne
44.———————Au soleil d'Austerlitz !

A part la mauvaise construction du premier vers, ce quatrain est d'une grande beauté.

IV.

1.—Victoire ! il était temps, prince que tu parusses !
2.—Les filles d'Opéra manquaient de princes russes ;

C'est trop d'exclamation et d'apostrophe pour dire : « Il était temps que tu parusses, parce que les filles

manquaient de princes russes. » Le mot de *prince*, qui
qualifie des personnages différents, rapproché comme
il l'est dans ces deux vers, dénote de la négligence.

5.—Dans don Juan qui s'effraie un Harpagon éclate;

Qui s'effraie de quoi? Un avare n'éclate pas dans un
homme luxueux comme une maladie éclate dans un
tempérament affecté d'une autre maladie : un homme
n'éclate pas dans un autre homme.

On peut donner de l'extension à la signification des
mots dans un roman, où l'on peut suffisamment développer ce qu'on veut dire ; mais non dans un vers, qui
doit être concis, et dont chaque expression doit être
technique.

Ce vers est dur à cause des trois hiatus qui existe
en réalité.

(Effr*aie-un-harpagon* éclate) ;

7.—L'argent devenait rare aux tripots ; les journaux
8.—Faisaient le vide autour des confessionnaux ;

Tripot, journaux, confessionnaux, sont des mots
intolérables en poésie. Ces deux vers sont mal construits. Enjambement dans le premier, césure mauvaise
dans le second.

9.—Le sacré-cœur, mourant de sa mort naturelle,
10.—Maigrissait; les protets tourbillonnant en grêle.

On dit *mourir d'une mort,* mais on ne dit pas *mourir de sa mort.*

« Naturelle » n'est pas le mot propre.

De même qu'on ne peut dire « tourbillonnant en
pluie, » « tourbillonnant en poussière, » on ne peut dire
« tourbillonnant en grêle ; » mais la grêle tourbillonne
ou telle chose tourbillonne comme la grêle.

15.—Sous la forme effroyable et triste d'un cheval
16.—De fiacre les traînant pour trente sous au bal.

Lorsqu'on se sert d'épithètes pour remplir un vers, on doit les disposer avec art. Que l'épithète la plus forte soit placée la dernière ; « forme effroyable et triste » n'a pas de force. « Un cheval de fiacre traînant une donzelle pour trente sous au bal » est d'un style lâche.

17.—La désolation était sur Babylone.
18.—Mais tu surgis, bras fort ; tu te dresses, colonne :
19.—Tout renaît, tout revit, tout est sauvé. Pour lors
20.—Les figurantes vont récolter des mylords ;

Colonne est là pour rimer avec *Babylone :* quel rapport y a-t-il entre un Poulmann et une colonne ? L'ironie est outrée. La première faculté d'un coquin n'est pas de se dresser comme une colonne.

Le vers (19) est dur. Un enjambement de cette sorte n'est point permis.

Il est trop familier de dire que des femmes récoltent des hommes.

21. — Tous sont contents, soudards, francs-viveurs gent dévote ;
22. — Tous chantent monseigneur l'archevêque et Javotte.

Dans une fable, La Fontaine a dit « gent souricière » ; il n'eût point dit « gent dévote ». Ce sujet au singulier après des sujets au pluriel sans article est choquant. Le vers (22) est difficile à déclamer. Il semble que « Javotte » soit qualifié de « monseigneur ».

23. — Allons ! congratulons, triomphons, partageons !

Il faut mettre tout-à-fait de côté les règles de l'harmonie pour faire un alexandrin où l'on n'entend que du *lons*, du *phons et du geons*.

25. — Vont s'inscrire, adorant Mandrin, chez son concierge.

En scandant :

(Vont s'inscrire, adorant — Mandrin, chez son concierge). On comprend « qu'ils adoraient Mandrin chez son concierge... »

29. — Rouher, cette catin, Troplong, cette servante ;

Si l'auteur veut désigner par *catin* et *servante* les âmes de Rouher et de Troplong, il doit s'expliquer davantage.

Dans les cinq vers suivants, il y a quatre *quiconque* du plus mauvais effet.

36. — Myrmidon, de César admire la hauteur.

Dire en une quinzaine de vers, grâce à des noms vaguement qualifiés et à des « quiconque », que chacun tâche de devenir plus infâmé que son voisin, terminer sa phrase, en guise de résumé, par : « les petits hommes admirent les grands » n'est point d'un style méthodique, harmonieux et précis.

38. — Eh bien, messieurs, la chose est elle un peu bien faite?

Vulgaire, sans vigueur, *un peu* fait traîner la phrase et ne lui donne pas plus de précision.

43. — Braillez vos *Salvum Fac*, messeigneurs ; en avant!
44. — Des églises, abri profond du Dieu vivant,

Braillez est un verbe neutre. L'enjambement est mauvais. « En avant des églises » n'est pas français : lorsqu'on dit le mot de commandement « en avant » et qu'on interpelle les commandés, on ne commence point par *des*. On dit : en avant les retardataires, et non : en avant des retardataires.

V.

Des neuf premiers vers, huit sont faibles, et toujours

mal construits. La diction manque d'ordre. jusqu'ici on voit que l'auteur sacrifie la suite dans les idées à la richesse de la rime. On sait que notre langue n'est point favorable au parler rimé. Les mots qui riment bien sont rares.

Lorsqu'on cherche donc encore à augmenter le nombre des articulations devant rimer, le sens et l'idée en souffrent beaucoup trop.

Il est même ridicule de mettre à la fin d'un vers certains mots pour rimer ensemble si le nombre de ces mots est restreint. Lorsqu'on voit *harangue* à' la fin c'un vers, on est sûr de voir *langue* à la fin du suivant. Il en est de même de crabe et arabe, vaincre et convaincre, Aglaé et persiphaé, aphte et naphte, calme et palme, défalque et catafalque, arbre et marbre, arc et parc, arche et patriarche ; targue et nargue, cadavre et navre, cèdre et phèdre, nèfle et trèfle, etc.

10. — Les morts sabrés, hâchés, broyés par le canon.

Il y a équivoque dans ce vers. Il y est dit : sabrés par le canon... on doit éviter ces petites fautes.

25. — Tous, l'homme du faubourg, qui jamais ne recule,

Le deuxième hémistiche est une explication inutile.

26. — Livides, stupéfaits, immobiles, pensifs

On peut dire qu'un cadavre paraît pensif, mais non, en affirmant, qu'il est pensif. La nuance est légère, et pourtant la raison ne peut admettre : « un cadavre pensif. »

27. — Spectres du même crime et des mêmes désastres,

L'homme peut être victime d'un crime ; mais non un spectre. Le spectre que la vie a abandonné n'est que d'une nature inanimée, et n'est plus conséquem-

ment susceptible des qualités inhérentes à la nature
animée.

28. — De leur œil fixe et vide ils regardaient,

Pour la même raison, on ne doit pas affirmer qu'un
œil regarde qui est privé des liqueurs nécessaires à la
réflexion des objets.

On dit bien que le soleil regarde ; mais cette image
se présente clairement à notre esprit. En outre, le
soleil est animé ; ses rayons semblent être des regards
qu'il lance sur nous.

De même, qu'on ne dit pas *une pierre qui regarde*,
on ne doit pas dire « un crâne qui regarde. »

31. — Le peuple comtemplait ces têtes effarées.

Effaré ne s'applique qu'à un être sensible, et qui
peut manifester ses sentiments à l'extérieur.

On pourrait dire toutefois que la dernière expression
du mourant semble être restée après sa mort sur sa face
immobile.

A part ces quelques fautes, ce morceau est d'une
grande beauté ; les images sont puissantes.

Si ce morceau avait été davantage travaillé, il aurait
contenu de ces beaux vers qu'on cite, parce qu'ils
expriment avec concision une grande pensée en des
termes justes.

41. — On eût dit en voyant ces morts mystérieux
42. — Le cou hors de la terre ; et le regard aux cieux...

Quelle autre énergie y aurait-il dans le second vers
si l'on pouvait dire :

Le cou hors de terre, le regard aux cieux.

VI

7. — Jésus avait été cloué pour qu'il restât.

Comme il n'est point exact de dire : Jésus, qui est

mort, il y a vingt siècles, a été cloué sur une croix au fond d'une église, pour qu'il ne vienne pas protester en face de l'autel, on ne doit point affirmer que cette chose a été faite : mais qu'il semble qu'elle ait été faite ainsi.

9. — Comme un loup qui se lèche après qu'il vient de mordre

Il n'est ni d'usage, ni élégant de dire *après que*. *Après* est une préposition qui marque le temps ou le lieu sans le secours d'une conjonction. Il fallait le gérondif exemple (après avoir mordu).

Ce morceau ne manque pas de grandeur. L'exclamation qui est poussée vers la fin vient fort à-propos.

7. — Pour châtier ce traître et cet homme de nuit.

Le traître et l'homme de nuit forment-ils deux personnages ou un seul qualifié à la fois de *traître* et d'*homme de nuit* ? Dans le second cas, il ne faut pas la conjonction *et*; il y a peu de différence entre un homme qui agit la nuit et un traître : un des qualificatifs est superflu..

8.————————Ta nécessité luit.

Luit n'est pas le mot propre. La nécessité a peu de rapport avec la lumière. On dit : la nécessité devient impérieuse, la nécessité se montre ; mais non « la nécessité luit ». On fait peu de vers si l'on veut toujours parler judicieusement.

11. — Peuple criant,....
12. — Foule encombrant.....
13. — Grèves, mornes places,
15 — Oh ! ne revenez pas, lugubres visions !

L'auteur interpelle le *peuple,* la *foule,* les *grèves,* les *mornes places* ; tandis qu'on attend qu'il leur dise quelque chose, il les tient en suspend et s'adresse aux *visions.* Pour que la phrase soit à peu près exacte, il faut «lugubres visions» avant «ne revenez pas». Il n'y a ainsi qu'un pléonasme, qui passe quand on a besoin d'une rime.

17. — Chacun *notre travail* dans le siècle où nous sommes,

Il est évident pour tous qu'on ne travaille que dans son siècle; inutile de construire un hémistiche pour le répéter.

19. — La tribune parlait avec sa grande voix.

Hugo a voulu dire que la tribune possédait alors de grands orateurs. *Parler de sa voix.....* peut-on parler avec celle d'un autre?

22. — Le genre humain suivait le progrès saint, la France
23. — Marchait devant avec sa flamme sur le front;

Saint n'est pas le propre. Enjambement mauvais; césure mauvaise. *Flamme sur le front* est obscur. Ces deux vers sont mauvais.

24. ———————Lui ce vivant affront.

Expression triviale? L'affront ne peut être vivant ni mort. Un affront se donne, un affront peut être vengé: Voilà ses manières d'être.

26. ———————Portant le deuil et le massacre,
27. — Le meurtre, les linceuls, le fer, le sang, le feu.

Les expressions les plus fortes sont les premières contrairement aux règles de l'art. Le mot *meurtre,* qui vient après *massacre,* ne dit rien de plus et fait traîner la phrase.

Ne doit-on point parler des instruments de la mort avant la mort même? Pourquoi mettre *fer* et *feu* après *massacre?* Pourquoi parler du sang répandu après deuil et linceul?

28.—Ils ont semé cela sur l'avenir, grand Dieu !

Sème-t-on le fer et le feu ? Les générations suivantes récolteront-elles *sur l'avenir* le deuil et le linceul ?

34.—Triste, je rêve et j'ai mon front dans mes deux mains,
35.—Et je sens, par instants, d'une aîle hérissée,
36.—Dans les jours qui viendront s'enfoncer ma pensée.

Il serait plus exact de dire :

« Et je rêve le front appuyé sur mes mains. »

Quoique ce changement fait, le vers soit mauvais encore. Les deux autres vers sont peu élégants à cause des inversions nombreuses.

Ce mauvais arrangement des membres de phrase, la figure hardie de *la pensée qui enfonce son aîle hérissée dans les temps futurs*, font ces vers presque insupportables.

37.—Géante aux chastes yeux, à l'ardente action,
38.—Que jamais on ne voit, ô Révolution,
39.—Devant ton fier visage où la colère brille ;
40.—L'humanité tremblante et te criant ; Ma fille !
41.—Et couvrant de son corps même les scélérats,
42.—Se traîner à tes pieds en se tordant les bras !
43.—Ah ! tu respecteras cette douleur amère,
44.—Et tu t'arrêteras, vierge, devant ta mère.

Dans les deux premiers vers, l'auteur interpelle la Révolution, à qui il donne des yeux chastes, quoiqu'il ne voie jamais son visage, et sur lequel il voit briller la colère.

Les cinq autres vers sont un galimatias.

Toutefois, rien n'est plus généreux que V. Hugo, dans la personne de l'Humanité se jetant aux genoux de la Révolution et la conjurant de ne plus commettre de crimes...

Amère est parfaitement inutile après *douleur*, si ce n'est qu'il rime tout-à-fait bien avec *ta mère*.

47.—Pour faucher en un jour dix siècles de misère.

Comment pourrait-on faucher en un jour dix siècles que la mort a déjà fauchés chaque jour? Misère n'est pas le mot propre.

48.—Sans peur, sans pitié, vrai, formidable et sincère,

Epithètes mal arrangées et inutiles.

52.—Né pour clore les temps d'où sortirent les nôtres.

Peut-on clore les temps? Un temps sort-il d'un autre temps? Le temps est continu : les temps se succèdent, mais ne sortent pas les uns des autres.

51. — Toi qui portes ce nom sombre : nécessité!

Césure mauvaise. Un nom n'est ni clair, ni sombre. L'origine d'un nom peut être obscure, le nom même peut être ignoré; mais un nom, même dans le cas présent, ne peut avoir de nuance.

55. — Dans l'histoire où tu luis comme en une fournaise.

Y aurait-il une imagination assez complaisante pour se représenter le Titan quatre-vingt-treize luisant dans une fournaise?

56. — Reste seul à jamais, Titan quatre-vingt-treize!
57. — Rien d'aussi grand que toi ne viendrait après toi.

Ce souhait de Victor Hugo est aussi généreux que ce qu'il dit est vrai. Si nous jugeons des révolutions à venir par les révolutions que nous avons eues depuis quatre-vingt-treize, tous les révolutionnaires ne seront que des gredins comparativement aux Titans de la terreur.

58. — D'ailleurs, né d'un régime où dominait l'effroi,

L'effroi de qui? du régime ou du Titan quatre-vingt-treize?

59. — Ton éducation sur ta tête affranchie
60. — Pesait, et malgré toi, fils de la monarchie

Phrase incohérente et pleine d'équivoque.

64. — La loi de mort mêlée avec la loi de haine,

Si l'auteur a voulu dire que tout homme haï d'un grand sous la monarchie subissait la peine de mort, il s'est mal exprimé; Une loi ne se mêle pas à une autre comme le vin à l'eau. Il n'existe pas non plus de loi de haine. Chacun hait à sa manière. On n'a pas encore formulé de code à ce sujet.

67. — Nous, grâce à toi, géant qui gagna notre cause,
68. — Fils de la liberté, nous savons autre chose.

Qui est-ce qui est fils de la liberté? Nous, le géant ou la cause?

Les vers qui précèdent et qui suivent celui-ci sont remplis d'épithètes qui ne conviennent pas et d'adverbes qui ne disent rien. Un seul vers est bon :

78. — « Etre vainqueur c'est peu, mais rester grand c'est tout. »
79. — Quand nous tiendrons ce traître, abject, frissonnant, blême,

Heureusement l'hémistiche ne mesure que trois pieds; s'il en mesurait davantage, la collection des adjectifs serait bientôt épuisée par M. Victor Hugo. Ne sait-on qu'un traître est abject, et qu'en face du châtiment il frissonne et blêmit?

80. — Affirmons le progrès dans le châtiment même :
81. — La honte et non la mort.

Affirmons n'est pas le mot propre. Avant « la honte » il faut un verbe dans le cas présent : Infligeons lui la honte.

2

81.——————————— Peuples ! couvrons d'oubli
82. — L'affreux passé des rois pour toujours aboli,
83. — Supplices, couperets, billots, gibets, tortures.

On oublie quelque chose ; mais on ne couvre point d'oubli une chose qui a existé. L'oubli est une faculté négative, opposée à la mémoire : il ne se peut donc présenter à l'esprit « d'accumuler assez d'oubli pour couvrir les temps passés. « Pour toujours aboli » est de trop. A quoi se rapportent ces substantifs alignés à la suite d'une explication oiseuse ? Il y a là une faute de français. Il faudrait : oublions l'affreux passé des rois, qui nous rappelle les supplices du gibet, du billot, du couperet etc...

88. — Oh ! qu'il ne soit pas dit que, pour ce misérable,
89. — Le monde en son chemin sublime a reculé.

Sublime n'est pas le mot propre. M. Victor Hugo, qui semble avoir la spécialité des adjectifs, n'emploie pas toujours celui qui convient le mieux. La césure après *chemin* est mauvaise.

91. — Qu'il n'est pas vrai *que* après tant d'efforts et de peine,
92. — Notre époque *ait* enfin sacré la vie humaine.

Le second *que* doit être avant *notre* et non avant *après* :

(Qu'il n'est pas vrai, après tant d'efforts et de peine,
· (*Que* notre époque *a* enfin sacré la vie humaine.)

Il y a ainsi deux hiatus, mais deux fautes de français de moins.

Peine est inutile après *efforts*. Le dernier hémistiche, qui vient après trois autres hémistiches, qui ne disent rien, ne dit rien non plus. On ne se fait guère l'idée « d'une époque qui sacre la vie humaine. »

93. — Hélas ! et qu'il suffit d'un moment indigné,

Il faut *moment d'indignation :* Une fraction de temps n'est pas susceptible d'indignation.

95. — On peut être sévère et de sang économe.

Il faut que l'inversion disparaisse pour que la phrase soit claire.

97. — La guillotine au noir panier, qu'avec dégoût,

Vers mal construit, sans césure, avec enjambement.

99. — S'est réveillée *avec* les bourreaux dans leurs bouges,

Vers mal construit, forme faible. La guillotine ne s'endort, ni ne se réveille. Il faut *ainsi que les bourreaux* au lieu *d'avec.*

100. — A ressaisi sa hâche entre ses deux bras rouges,
101. — Et dressant son poteau dans les tombes scellées.

Un instrument ne peut prendre un objet dans ses bras. Le couteau de la guillotine glisse entre deux bras parallèles ; mais de là à être pris par ces deux planches, il y a loin. De plus, on dresse la guillotine ; elle ne se dresse pas elle-même. Les guillotines ne se dressent point dans les cimetières ; que veut dire Hugo par :

« Poteau scellé dans les tombes »
1. — Toi qu'aimait Juvénal gonflé de lave ardente,
2. — Toi dont la clarté luit dans l'œil fixe de Dante,
3. — Muse indignation ! viens, dressons maintenant,.....
6. — Assez de piloris pour faire une épopée !

Je ne sais si Juvénal fut gonflé par une lave, si Dante avait l'œil fixe ; mais je n'attends point de M. V. Hugo de belle épopée... faite avec des piloris.

Toulon.

I

1. — En ces temps-là, c'était une ville tombée
2. — Au pouvoir des Anglais, maîtres des vastes mers.
3. — *Qui*, du canon battue et de terreur courbée,
4. ——————————disparaissait dans les éclairs.

A qui se rapporte le *qui* ? Est-ce aux *anglais* ou à la *ville* ? Le style châtié des vers n'admet guère de tours de phrase vicieux. C'est à cause de tant de phrases obscures, torturées par des inversions manquant d'é-légance. d'équivoques fréquentes, de mots convenant mal à l'idée, de figures troubles, d'exagérations outrées, qu'on néglige tant de lire la poésie, et partant que beaucoup de beautés sont goûtées de si peu.

Il n'est pas logique de dire que « ç'était une ville de terreur courbée, qui disparaissait dans les éclairs ». « Battue par le canon » doit se trouver à côté de dispa-« raissait dans les éclairs » pour qu'on voit clairement qu'elle disparaissait dans les éclairs du canon ».

5. — C'était une cité qu'ébranlait le tonnerre
6. — A l'heure où la nuit tombe, à l'heure où le jour naît,
7. — Qu'avait prise en sa griffe Albion, qu'en sa serre,
8. ————————— La République reprenait.

Il est plus que probable qu'on n'avait pas, pour signal du tir, que la naissance du jour et celle de la nuit; Albion avait-elle pris en sa griffe *l'heure où le jour naît* ou *la cité* ?

Dans le 3e vers, il faut « et qu'en sa serre » pour que la phrase soit claire, sinon il est aussi bien dit « que la République reprenait Albion en sa serre » qu'il est dit que la République reprenait Toulon.

Ce morceau serait encore plus beau sans la mauvaise construction des vers.

II.

1. — Aujourd'hui c'est la ville où toute honte échoue.
2. — Là, quiconque est abject, horrible et mal faisant,
3. — Quiconque un jour plongea son honneur dans la boue,
4. ———————— Noya son âme dans le sang ;

Ce n'est point aujourd'hui seulement qu'il existe un bagne à Toulon. Un vaisseau échoue près d'un écueil, mais on ne peut dire que la honte échoue dans un port de mer. Le jeu de mots est puéril. Horrible, qui est l'épithète la plus forte, est placée au milieu. On peut aussi ranger les épithètes de manière qu'elles soient de moins en moins fortes dans le cas où l'on voudrait dire par exemple : non-seulement on jette au bagne des criminels horribles, mais même encore de simples *malfaiteurs*. On comprendrait ainsi l'usage des éphithètes, *malfaisant* n'est pas le mot ; il rime mal avec *sang*. Une *âme noyée dans le sang* choque ; mais cela peut se dire. On dit une *âme pure* ou une *âme tachée par une faute*. L'esprit se représente l'âme, bien qu'elle soit immatérielle, sous un aspect blanc ou noir ; mais il se fait difficilement à l'idée d'une substance impalpable et impondérable qui se noie dans le sang de la victime qu'elle a faite.

7. — Le brigand qui s'embusque et qui saute à la gorge
8. — Des passants, la nuit, dans les bois ;

L'enjambement et l'arrangement défectueux des compliments indirect et circonstantiels rendent ces vers obscurs et désagréables.

9. — Là, quand l'heure a sonné, cette heure nécessaire,
10.— Toujours, quoi qu'il ait fait pour fuir, quoi qu'il ait dit,

Que veut dire « heure nécessaire » ? nécessaire à quoi?

Le deuxième vers est dur, mal construit, obscur.

11. — Le pirate hideux, le voleur, le faussaire,
12. ———————— Le parricide, le bandit,

Pourquoi le *pirate* est-il plus hideux que le *parricide?*

20. ————————— Et dit : me voilà ; viens-nous-en !

« Viens-nous-en » est un barbarisme.

29.—Pluie ou soleil, hiver, été, que juin flamboie,
30.—Que janvier pleure, ils vont, leur destin s'accomplit,
31.—Avec le souvenir de leurs crimes pour joie,

Comment juin flamboie-t-il la pluie, le soleil, l'hiver et l'été? Si Hugo a voulu dire : « Été que juin flamboie, » flamboie n'est pas le mot propre non plus. Que pleure janvier? Le souvenir d'un crime ne peut plus être une joie pour le criminel. On ne doit pas savoir le sentiment d'un criminel au sujet de son crime.

37.—Le soir, comme un troupeau, l'argousin vil les compte,

Vil est de trop. Le gardien d'une prison est-il vil parce qu'il est en contact avec des gens vils. Ne lui est-il donné de faire son devoir comme en tout autre métier?

36.—Brisés, vaincus, le cœur incliné sous la honte,

En lisant ce vers, il semble voir la honte à cheval sur un cœur.

40.—La pensée implacable habite encor leurs têtes.

Habite n'est pas le mot propre. La pensée, dont on ne connaît point la nature, ne peut habiter un crâne comme nous habitons dans notre demeure. Habiter n'est pas un verbe actif.

42.—Morts vivants, aux labeurs voués, marqués au front.

Vers sans césure, dur, prosaïque.

III.

1.—Ville que l'infâmie et la gloire ensemencent.

Une ville ne peut être ensemencée de gloire et d'infâmie comme un terrain de blé.

6.—Le grand soldat sur qui ton opprobre s'assied,

L'opprobre ne peut s'asseoir ni se coucher.

1. — Approchez-vous ; céci, c'est le tas des dévôts.
Vers dur.

2. —Cela hurle en grinçant un *benedicat vos* ;

Hurler est un verbe neutre.

10.—La douairière aux yeux gris s'ébat sur leur journal,

Il y a, je le suppose, diverses nuances d'yeux chez les vieilles femmes, ainsi que chez les jeunes, à moins toutefois que la couleur du cristallin soit un signe distinctif de la dose de crédulité d'une femme.....

12.—Ils citent Poquelin, Pascal, Rousseau, Boccace,
13.—Voltaire, Diderot, l'aigle au vol inégal
14. — Devant l'official et le théologal.

Pourquoi donner un qualificatif à Diderot plutôt qu'aux noms ci-dessus tout simplement cités. Est-ce parce que le vol de l'aigle Diderot est inégal qu'on cite celui-ci devant le théologal?

16.—Ils mettent Escobar sous bande et l'expédient
17.—Aux bedeaux rayonnants pour quatre francs par mois.
18. —Avec le vieux savon des *Jésuites* sournois,

Vers (16) prosaïque, mal construit. La qualité première d'un bedeau n'est pas de rayonner..... Tout le monde ne connaît pas de savon particulier aux *jésuites*.

27. — La porte bienheureuse, effrayante et vermeille ;

Une porte ne peut être heureuse ni malheureuse.
Pourquoi la porte du ciel serait-elle effrayante ?

Vermeille n'est pas le mot propre. Les pères de
de l'Eglise qui ont parlé du ciel ne nous ont jamais
appris que la porte en était vermeille.

29. — Quand l'aube, se dressant au bord du ciel profond,
30. — Rougit en regardant ce que les hommes font,
31 — Et que des pleurs de honte emplissent sa paupière,

L'aube ne se dresse pas. Pour employer cette expression, l'auteur aurait dû personnifier l'Aube, et alors il
lui aurait pu faire accomplir les mouvements de
l'homme. Il n'est ni de pleurs de honte, ni d'orgueil.
Les glandes lacrymales secrètent les larmes, et la
douleur les peut faire répandre. Une oppression extra-
ordinaire peut faire aussi couler les larmes; mais l'effet
de la honte n'est pas de faire pleurer.

38. — De ce qu'il fait tourner notre terre et marcher
89. — Notre esprit, et d'un timbre ornant l'Eucharistie,

Vers mal construit. *Esprit marche*, sans autre explication, est bizarre. Est-ce l'Eucharistie qui est ornée
d'un timbre?

L'expression de *timbre* sur l'hostie qui représente
Jésus-Christ est dégoûtante.

43. — Si bien que, ne sachant comment mener le monde,
44. — Ce pauvre vieux bon Dieu, sur qui leur foudre gronde,
45. — Tremblant, cherchant un trou dans ses cieux éclatants,
46. — Ne sait où se fourrer quand ils sont mécontents.

L'idée d'un Dieu infini, qui se fourre dans un trou
devant quelques atomes, n'est point rendue avec assez
de ménagement pour qu'elle ne paraisse absurde.

48. — Ils ont supprimé Rome ; ils auraient détruit Sparte
49. — Ces drôles sont charmés de monsieur Bonaparte.

Pourquoi Sparte plutôt qu'une autre ville ? L'idée d'une petite ville de la Grèce devrait-elle se présenter à l'esprit quand le poëte à le choix des noms de tant de grandes cités qui ont existé ou qui existent encore ?

Il est vrai que *Sparte* rime bien avec *Bonaparte* ; et s'il plaisait plus souvent à Victor Hugo de mettre Bonaparte à la fin de ses vers, ce livre nous parlerait probablement aussi souvent des Grecs que des hommes du Deux-Décembre.

IV.

4. — L'erreur vous tourmentait, ou la haine, ou l'envie ;
5. — Vos bouches d'où sortait la vapeur de la vie,

Mauvais arrangement des sujets dans le 1er vers.

Les quatre hémistiches riment ensemble. Les vers léonins sont condamnés par les commentateurs.

10. — Inquiets comme l'eau qui coule des fontaines,

On peut comme l'eau des fontaines ne pas s'arrêter ; mais on attribue rarement de l'inquiétude à l'eau qui coule des fontaines.

13. — Peut-être un feu creusait votre tête embrasée :
14. — Projets, espoirs, briser l'homme de l'Elysée,

La fin des quatre hémistiches est de la même consonnance avec une orthographe différente.

17. — Car dans ce siècle ardent toute âme est un cratère
18. ————————— Et tout peuple un volcan.

Le cratère est la bouche du volcan. Quelle relation y a-t-il entre une bouche et une âme ?

23. — Se soulever en vous mille vagues profondes.
24. ————————— Sous les cieux rayonnants.

2.

La tempête ne se soulève pas sous un ciel rayonnant.

26. — Soit qu'en vos yeux brillât la jeunesse, ou que l'âge
27. — ————— Vous prît et vous courbât,

L'âge ne peut prendre. On dit qu'on se courbe sous le poids des années, et la figure est juste et claire ; mais non que l'âge prend pour courber.

Cette nuit-là.

6. — Il sentait approcher son guet-apens farouche.

Farouche n'est pas le mot propre.

9. — Cette nuit vont surgir mes projets invisibles.
16. — Les Saint-Barthélemy sont encore possibles.

Invisibles n'est pas le mot propre. Est-il rationnel qu'on doute que les Saint-Barthélemy soient possibles, lorsqu'on a projeté d'avance de faire des massacres comme elles. Ce langage n'est point celui d'un conspirateur au moment d'exécuter son projet.

15. — Nés du honteux *Coït* de l'intrigue et du sort !

Coït est insupportable dans un vers.

16. — Rien qu'en songeant à vous, mon vers indigné sort
17. — Et mon cœur orageux dans ma poitrine gronde
18. — Comme le chêne au vent dans la forêt profonde !

Quand on est indigné, on ne dit pas qu'on est plein d'indignation ; mais on manifeste son indignation. La comparaison d'un cœur orageux à un chêne dans une forêt ne manque pas d'originalité...

27. — La marseillaise, archange aux chants aériens,
28. — Murmurait dans les cieux : aux armes, citoyens !

Ces deux vers sont des meilleurs. *Murmurer aux armes !* est une expression peu propre. On ne murmure pas ce cri *aux armes*.

33. — Ceux de Dulac *et* ceux de Korte *et* d'Espinasse,

Vers dur, mal construit; la *ficelle* de *rallonge* est trop apparente...

35. — Vinrent, le régiment après le régiment,
36. — Et le long des maisons ils passaient lentement,
37. — A pas sourds, comme on voit les tigres dans les jungles

Le présent au lieu du passé mettrait plus de force et d'action dans ces vers. Le 1er vers n'est pas d'une bien grande pureté de langage :

A quoi se rapporte *régiment*? Il y a un barbarisme de phrase dans le 3e vers.

42. — O cosaques ! voleurs ! chauffeurs ! routiers ! bulgares !
43. — O généraux brigands ! bagne je te les rends ?

Ce « ô cosaques ! ô généraux brigands ! » est d'un effet comique. Ces épithètes sont mal choisies. Il n'est pas nécessaire de s'écrier « ô cosaques ! » pour dire « bagne je les rends ».

Sans leur mauvaise construction, les meilleurs vers seraient ceux de la fin.

VII.

1. — Ils ont dit : « nous serons les vainqueurs et les maîtres.

Et les maîtres est de trop.

5. — Et pour nous y garder, comme des dogues sombres,

Sombre n'est pas le mot propre. M. Victor Hugo aime bien ce mot : il en orne le froid, le chaud, les dogues, l'âme, les cieux, les flots et le diable...

10. — L'homme parvient à l'ange en passant par la buse.

Est tout au moins bizarre, *ange* fait naître l'idée de pureté; *buse*, celle de la bêtise; y a-t-il analogie ou antithèse entre cette qualité et ce défaut ?

19. — Seulement un froid *sombre* aura saisi les âmes ;
20. — Seulement nous aurons tué toutes les flammes ;
21. — Et si quelqu'un leur crie à ces Français d'alors :

Pourquoi ce redoublement de *seulement ? tuer une flamme* est vulgaire. « A ces Français d'alors » est de trop.

24. — De la liberté morte et de leurs pères morts.

Pères morts est une faute contre l'élégance. Cela finit mal un vers.

34. — Régner est notre but, notre moyen proscrire.
35. — Si jamais ici-bas on entend notre rire,
36. — Le fond obscur du cœur de l'homme tremblera.

Il faut « *proscrire notre moyen* ; sans cela il y a une faute de grammaire. Pourquoi cette manière d'employer *jamais* a-t-elle passé dans notre langue ? c'est une tournure vicieuse, et qui ne met point un sens net dans l'esprit. Il veut dire *par hasard, un jour, en un certain jour.* Nous avons suffisamment d'adverbes pour que nous puissions déterminer clairement tout ce qui est relatif au temps. Le 3e vers est mal construit.

41. — Qu'est-ce que la pensée ? Une chienne échappée.

Le clergé définirait-il ainsi l'idée ? on dit toujours faux quand on donne la parole à un corps social qu'on ne connaît que par les calomnies d'écrivains de parti, ou par le scandale des descendants de Nonotte et de Guyon.

43. — Si l'esprit se débat, toujours nous l'étouffâmes.

Il ne valait pas la peine de torturer le premier vers et de le rendre incohérent pour faire rimer *étouffâmes* avec *femmes*, deux mots qui riment imparfaitement.

47. — N'y pouvant jeter l'homme, on y jette le livre ;
48. — A défaut de Jean Huss, nous brûlons Guttenberg.

Ce changement de personne, motivé par l'élision et la mesure, est désagréable.

49. — Et quant à la raison, qui prétend juger Rome,
50. — Flambeau qu'allume Dieu sous le crâne de l'homme,

Est-ce *Rome* ou la *raison* qui est un flambeau ?

55. — « Alors dans l'âme humaine, obscurité profonde.

Il faut absolument ici le sujet et le verbe ; comme on ne peut les y intercaler, il faut supprimer le vers.

On devrait cesser d'accompagner un substantif d'un adjectif qui ne supplée en rien à l'expression de l'idée. Les mauvais poëtes font comme les jeunes avocats : ils délaient la substance de leurs discours dans un large milieu d'épithètes.

A quoi bon dire ici : âme humaine ? D'après l'état actuel de nos sciences psychologiques, il est convenu que l'âme ne réside que dans le corps de l'homme.

59. — Et nous ne craindrons rien, n'ayant ni foi ni règles.

De ce que le clergé n'aurait ni foi, ni règles, n'a-t-il lieu de craindre d'être châtié ?

X.

1. — Courtisans ! attablés dans la splendide orgie ;

Le mot *orgie* doit être à l'accusatif. On fait une orgie ; mais on ne s'assied pas dessus.

3. — Vous célébrez César, très-bon, très-grand, très-pur ;
Épithètes banales.

5. — Le chypre à pleine coupe, et la honte à plein verre...

Est un vers heureux. Si *coupe* contient plus que *verre*, il y a plus de force en disant ; *chypre à plein verre... honte à pleine coupe.*

8. — Boursier qui tonds le peuple, usurier qui le triches,

Boursier veut dire collégien qui jouit d'une bourse dans un collége, et non homme d'agio, qu'on désigne vulgairement par *boursicotier*. C'est l'usurier qui tond le peuple, et le *boursicotier* qui le triche.

12. — Engraissez-vous. vivez, *et faites bonne chère....*

Le dernier hémistiche est là exclusivement pour la rime.

XI.

2. — Pour s'évader des mains de la vérité *sombre;*

Sombre n'est pas le mot propre. *S'évader des* est dur.

5. —— ————————Jamais du poignet des poëtes,
6. — Jamais, pris au collet, les malfaiteurs n'ont fui
7. — J'ai fermé sur ceux-ci mon livre expiatoire ;
8. ————————————J'ai mis des verrous à l'histoire ;
9. ————————————L'histoire est un bagne aujourd'hni.

Peut-on fuir du poignet? *Livre expiatoire*, obscur. L'histoire a enregistré toute l'énormité des crimes des rois et des seigneurs ; elle enregistre la farce criminelle de Bonaparte, et n'en est pas moins respectable pour cela. Il suffit de quelques rares exemples de vertu donnés par des rois qui peuvent tant et sont tentés, même forcés de commettre des crimes, et qui ne les commettent pas, pour faire l'histoire à jamais respectable!

22 — Il contemple la nuit sereine avec délices...

Peut-on contempler avec délices la lune et les étoiles lorsqu'on est rempli de fiel?

30 — Comme une femme morte et qu'on vient de noyer.

Pauvre comparaison.

32. ——————— -J'aurai des clartés sépulcrales.
33. — Pour tous ces fronts abjects qu'un bandit fait ployer.

Il est donc bien vrai que certains esprits ont des *illuminations*.

Cette figure *ployer le front* a passé dans l'usage des prosateurs qui fleurissent leurs discours. Il n'est pourtant pas exact de dire : *ployer le front* comme *ployer un drapeau*. Le front s'abaisse ou se relève ; mais reste inflexible.

35. ——————La France, dans sa nuit profonde,
36. ——————Verra ma torche flamboyer !

Décidément les natures poétiques ont conscience de leurs talents ! Corneille avait ainsi excellente opinion de son Cid dans ses démélés avec les scribes émissaires de Richelieu.

37. — Ces coquins vils qui font de la France une Chine,
38. — On entendra mon fouet claquer sur leur échine.

L'élégance veut *vils coquins* ; l'harmonie, *coquins vils* : il ne faut ni l'un, ni l'autre : c'est un qualificatif inutile.

Le second vers est un barbarisme.

42. — Je les tiens dans mon vers comme dans un étau.

Ils n'y sont point aussi serrés que cela : On ne peut être convaincu que si les épithètes sont aussi moëlleuses que nombreuses, toutes ces gens sont fort à leur aise dans les vers de M. V. Hugo.

44. ——————Et César, sous mes étrivières,
45.——————Se sauver, troussant son manteau !
76. — Et les champs, et les prés, le lac, la fleur, la plaine,
47 — Les nuages pareils à des flocons de laine, etc

On doit à M. V. Hugo l'idée originale de torturer des

empereurs, des généraux, des évêques, en les serrant
dans ses vers comme dans un étau; puis les vers, se
changeant en étrivières, fouaillent vigoureusement Bonaparte; alors les champs, les prés, le lac, la fleur, la
plaine, les nuages pareils à des flocons de laine, l'eau
et l'océan recouverts d'écailles vertes, les forêts bru-
yantes, le phare, l'étoile sur les monts reconnaîtront
Monsieur Victor Hugo qui passe au galop avec son
vers, et se chuchoteront à l'oreille : voilà l'esprit ven-
geur, qui, après avoir pincé monsieur Bonaparte, le
le chasse devant lui....

XII.

4. — De faux serments qui font, tant ils navrent les âmes;
5. — Tant ils sont monstrueux, effroyables, infâmes,

Mots oiseux.

7. — Les soldats ont fouetté des femmes dans les rues.
8. — Où sont la liberté, la vertu ? disparues!

Ce fait demande des explications. La transition du
premier au second vers est sensible. Faire revenir ces
vieilles rengaînes de liberté et de vertu après avoir,
dans un vers précédent, fait peser sur le soldat français
une honteuse accusation pour faire rimer *rues* avec
disparues n'est consciencieux.

9. — Dans l'exil! dans l'horreur des pontons étouffants!

On ne peut dire : « l'horreur d'un ponton ». On dit :
« avoir de l'horreur » ; « tel acte peut paraître une
horreur ».

16. — Russie et Sibérie, ô czar! tyran! vampire !

Epithètes oiseuses.

19. — Les supplices d'Ancône emplissent les murailles

On ne peut dire : « supplices » « pour suppliciés ».

21. — Il pose là l'hostie et commande le feu.

C'est réellement une position intéressante qu'un évêque, embarassé d'une hostie, pose l'hostie par terre pour commander le feu !

27. — Borgia te sourit, le pape empoisonneur.

Borgia est le bâtard d'Alexandre VI. Que vient faire : *Pape empoisonneur ?*

28.—Combien sont morts? Combien mourront? qui sait le nombre?

N'est pas un vers.

31. Italie ! Allemagne ! O Sicile ! O Hongrie !

Est une exclamation bizarre. *O Hongrie!* est très-dur.

32. — Europe, aïeule en pleurs, *de misère amaigrie*,

Le 2e hémistiche est mauvais. On ne dit pas « amaigrir de misère. »

33.—Vos meilleurs fils sont morts ; l'bonneur *sombre* est absent.

Se fait on l'idée d'un honneur *coloré.*

34. — Au midi l'échafaud, au nord un ossuaire

Si l'échafaud fait des victimes, les ossements doivent être plutôt ses voisins qu'à son antipode.

37. — Sur les Français vaincus un saint office pèse.

Qu'est-ce que cet office qui pèse sur les Français pendant l'empire ?

40. — La France garottée assiste à l'hécatombe.
41. — Par les pleurs, par les cris, réveillés dans la tombe,
42. — Bien ! dit Laubardemont ; — va ! dit Torquemada

Tant mieux pour celui qui comprendra !

1. — C'est la nuit ; la nuit noire, assoupie et profonde,

O Energunène ! ! oui c'est la nuit... la nuit ! noire ! obscure ! profonde ! la nuit mystérieuse ! la nuit aux voiles mystérieux !...

Qui ne connaît la nuit ? Le mot de *nuit* présente à tout esprit son image.

9. — Aux sons d'une fanfare amoureuse et lointaine,

Pauvres épithètes !

16. — *Dormez, maîtres...* Voici le jour. Debout forçats !

Pauvre vers !

L'autre Président.

Donc, vieux partis, voilà votre homme consulaire !

2. — Aux jours sereins, quand rien ne nous vient assiéger,

3. — Dogue aboyant, dragon farouche, hydre en colère ;

4. ————————— Taupe aux jours du danger !

Vers mal construits ; sens apocalyptique. Ce quatrain aurait du être supprimé, puisqu'il n'est point nécessaire à la rime du suivant...

6. — La tempête, brisant le cèdre et le sapin.

7. — Ils prirent le plus lâche, et n'ayant pas Thersite,

8. ————————— Ils choisirent Dupin.

La tempête *au figuré* ne brise point des cèdres ; mais l'idée de faire rimer *Dupin* et *sapin* ne manque pas d'originalité.

10. — Ils te trahissaient, peuple, ouvrier souverain ;

11. ————————— Ces hommes opposaient le président Bobèche

12. ————————— Au président Mandrin.

Est-ce parce qu'on opposait le président Bobèche au président Mandrin que *l'ouvrier souverain* est trahi ? Dans quel pays voit-on des *ouvriers souverains* ? Est-ce parce que l'ouvrier est le moins éclairé, qu'il a des instincts grossiers s'élevant rarement jusqu'à la pensée sage, qu'il doit être supérieur aux esprits cultivés ? La logique répond : « Chacun doit contribuer selon son savoir-faire au travail universel ». Au lieu d'enivrer l'ouvrier de propos flatteurs, et de faire fermenter dans tous les grands centres du travail manuel les têtes faibles et aveugles, éclairons ! n'ouvrons la bouche que pour commander le bien.

13. — Sa voix aigre sonnait comme une calebasse ;

Vers tout au moins pitoresque.

26. — Que ce vil souvenir soit à jamais détruit !
27. — Qu'il se dissolve-là ! qu'il y devienne informe.
28. ————————— Et pareil à la nuit !

M. Victor Hugo n'aurait-il oublié quelque autre manière de dire la même chose en variant un peu les mots ? Voyons ! Il n'y en a que quatre dans deux vers et demi...

30. — Dans ce profond cloaque, affreux, morne, béant !
31. — Et que tout ce qui rampe et tout ce qui se traîne

Quatre grands adjectifs dans un vers de 7 mots... cela ne suffit-il pas ? M. Victor Hugo a voulu faire sentir que ceux qui rampent ne se traînent pas *et vice versa*.

. . . .

. . . .

Saint-Arnaud.

3. — Ce général avait les états de service
4. — D'un chacal, et le crime aimait en lui le vice.

Les états de service d'un chacal vaut presque autant que le *crime amant du vice*...

10. — Il avait mitraillé les cigares surpris,

Espérons qu'on fera passer dans notre langue ce : *Mitrailler les cigares surpris*... C'est une expression bien nouvelle ; nul ne le nie ..

23. — Nous étions douze *cents* , *eux ils* étaient cent mille.

Vers barbare.

25. — Pendant que Beauharnais, l'être ignorant le mal ,

Ironie d'un mauvais goût.

26. — Affiche aux trois poteaux d'un chiffre impérial.

Un *trois* romain érigé en *trois poteaux* est bizarre,

29. — Et s'étale, amas d'ombre où rampent les serpents ,

On ne peut dire amas d'ombre : l'ombre est négative; c'est un manque de lumière. Après tout, M. Victor Hugo a pensé que de même qu'on additionne des quantités négatives on peut faire des tas d'ombre...

31. — Dont n'auraient pas voulu les poules de Carthage ;
32. — Pendant que de la France on se fait le partage ;
33. — Pendant.....

.....

35. — Pendant.....
       etc.....

L'allusion est recherchée. Les poules de Carthage sont-elles un type de salacité? En tous cas, *Carthage* rime tout à fait bien avec partage.

31. — Pourrissent par le ver, du sépulcre rongés ,

Inversion forcée, qui rend le sens obscur.

44. — Ce Mars Mandrin ayant pour Jupiter Cartouche ,

Comparaisons ridicules.

45. — S'était dit : Bah ! la France oublie. Un vrai laurier !

Que vient faire *laurier* après l'oubli de la France pour les crimes de Cartouche ? »

50. — Lorsque nous secouons nos drapeaux, de leurs plis
51. — Ils ne laissent tomber sur nous que des huées ;

Ces vers sont d'un esprit mal organisé.

63. — Le vieux monstre Russie, aux regards ronds et troubles,
64. — Qui fascine l'Europe avec des yeux de roubles,

Pauvre Russie... a-t-elle mérité d'être comparée à un reptile fascinateur ?...

69. -- On me battra des mains au fond des vieux faubourgs ;
« Battre des mains à quelqu'un » n'est pas français.

83.-- Tous les fleuves domptés, tremblants, soumis, rampants,
Image fausse.

93. -- Nul ne sait le destin. Fais ton rêve, passant !
Coq-à-l'âne ridicule.

96. -- L'éternel océan, nous regarde et sanglote.
L'océan doit pouvoir verser abondamment de larmes.
L'idée de M. Victor Hugo est grande qui veut faire répandre sur le plus grand crime un océan de larmes !...

98. -- Il reçut le baiser de Néron le petit.
La qualité la plus apparente de Néron serait-elle de baiser?

121. — Quand un bandit sincère, entier, sentant la roue ,
122. — Honnête à sa façon, bonne fille, complet,
« Bandit sincère, entier, bonne fille » vaut presque
« cigares mitraillés »

123. — .... S'annonce ce qu'il est.
N'est pas français. Le verbe *annoncer*, rendu personnel, s'emploie pour dire « je m'annonce à l'Assemblée, » « On m'annonce au salon » par exemple. Mais « s'annoncer ce qu'on est » n'est point exact,

125. — Et porte carrément son crime sur l'oreille,
(Comme un clerc de notaire porte sa plus belle plume !.....)

129. — Un arracheur de dents avec ses bottes molles ,
130. — Ornés de galons faux et de poil de lapin.
Il n'en faut pas moins que la vaste imagination de M. Victor Hugo pour rêver à des charlatans en bottes

molles et en poil de lapin... Le passementier dit galons en faux et non galons faux.

140. — Et que sous une mître un prêtre l'escamote :

L'amour des figures fait trop souvent dire des choses
bizarres.

142. — Un oremus infâme au bout d'un sacrebleu ;

Un oremus n'est pas infâme ; celui qui le dit seul
peut l'être. Et quand même le prêtre dans une prière
aurait recommandé personnellement à Dieu un conspirateur tel que Bonaparte, l'oremus n'est point infâme.
On peut prier pour le plus vil coquin, afin d'obtenir sa
conversion....

144. — De faire Magnan saint et Canrobert ermite,

Canrobert ne peut être l'antithèse d'*ermite* ; le caractère de ce courtisan n'est point tel : Cet homme dans sa
jeunesse était crasseux, sot et plein de vanité ; il était
connu sous le nom d'homme à perruque parce qu'il
avait les cheveux longs, en désordre et dégoûtants. Un
jour qu'il dînait dans une localité près de Cahors, chez
des gens du monde, il dit à une dame: j'ai le pressen-
timent que je deviendrai... maréchal .. La dame ne
paraissait point convaincue.... à cause des cheveux...

157. — Prend un cierge, se signe, ânonne un livre d'heures,

Anonre ne doit pas entrer dans un vers. En donnant
à ânonner la signification de dire et faire des bêtises,
on doit dire : « ânonner dans un livre d'heures ».

158. — Offre sa pince à Dieu sous qui l'Horeb tremblait,
159 — Et de sa corde à nœuds se fait un chapelet.

Tremblait et *chapelet* riment imparfaitement : dans
l'un *ait* est ouvert (è) ; dans l'autre, il est fermé *et* (é).

161. — Mon pouls bat sur mon cœur comme sur une enclume.

Le pouls ne bat point sur le cœur ; mais ce cœur lui-même, qui s'agite sous l'action d'une ramification du grand sympathique, semble battre sur les côtes comme un marteau sur une enclume.

162. — Je sens grandir en moi la colère, géant,

Qui est-ce qui est géant ?

165. — Dans mes deux mains, des fouets de strophes furieuses !

M. Victor Hugo s'habitue décidément à voir ses vers érigés en fouets !

168. — Ce bandit rayonna quelque temps dans les gloires ;

Gloires ne peut être au pluriel.

172. — Et que tout le décor n'est plus qu'une astragale,
173. — On voit ces choses-là dans un feu de bengale.

Lorsqu'on fait un feu de bengale, on voit une astragale..., et lorsqu'il y a une astragale, c'est qu'on fait un feu de bengale... très-bien ; ça rime toujours bien...

174. — Et pendant ces festins et ces jeux, on brûla
175 — Les Russes, Sillistrie, et les Anglais, Kola.

Vers dur. Lorsque le sujet est l'indéfini, est-il logique de mettre comme pléonasme explicatif deux sujets déterminés ? On fait souvent cette faute dans la prose, et l'on est plus coupable que M. Victor Hugo, car on peut employer une forme plus simple, une tournure plus exacte lorsqu'on n'est point forcé comme dans les vers de s'astreindre à limiter sa phrase.

178. — Dont l'âpre artillerie en vingt salves gronde,

Apre ne va pas mieux à côté d'*artillerie* que *soleil éclatant* dans une *tempête.*

179. — L'infini se laissa violer. L'Armada,

L'infini violé par les *canons* est d'un *amant* insensé des figures....

188 — Se heurtaient ; et, jetant de l'écume aux étoiles,
189. — Et roulant dans ses plis des tempêtes de toiles,

Ne peut être admis par l'esprit le plus extravagant.
Tout ce récit est desordonné, obscur. La langue n'est
pas de la plus grande pureté.

191. — Le troupeau monstrueux couvrit la vaste mer.
192. — La flotte ainsi marchait en ordre de bataille.
193. — O mouches ! Il est temps que cet homme s'en aille.
194. — Venez ! souffle, ô vent noir de moustiques de feu !

Nul écrivain dans le monde n'a eu l'idée d'appeler
une flotte qui s'achemine sur la mer « un troupeau
monstrueux qui couvre la mer », et de dire immédiate-
ment après *troupeau de vaisseaux* que ce même troupeau marchait en ordre de bataille, et de s'écrier après :
ô mouches ! il est temps que cet homme s'en aille.
Dans le reste de la poésie, ce sont d'obscures légions,
hydres invisibles qui ont des ailes horribles ; un âpre
essaim de moucherons tenant dans un souffle qui fait
trembler un continent ; un monde affreux dans un
atome qui peuple l'ombre hagarde ; l'œil d'un micros-
cope qui regarde avec effroi, groupe insaisissable et
vague où rien ne luit, qui vint et plana sur la flotte
énorme dans la nuit, et des canons hurlant, molosse de
la mort, vaisseaux, titaniques molosses, dragons dé-
gorgeant, géants qui tremblent sous le frémissement
d'ailes imperceptibles ; un lugubre essaim, vil, céleste,
infernal, qui plane toujours ; une voix où siffle une
couleuvre ; le monstre au million de bouches, l'impalpable, l'infini qui se rua... ténèbres mordant, rongeant,
piquant, suçant, qui burent le sang d'un homme,
l'enfer, tordant un homme vivant dans ses tenailles,

qui lui mange les entrailles dans l'ombre.... Des highlanders d'Ecosse et des spahis d'Afrique, bondissant vers un but électrique.... De sombres grenadiers sur un âpre escarpement, un crime au flanc qui se change en dartre, des boulets indignés qui se détournent d'un misérable, la main sur le ventre, lequel ayant l'horreur dans les narines voit fondre sous lui sa gloire en allées aux latrines.., etc.

C'est d'un fou qui décrit son araignée en cent volumes.

Paris, le 15 septembre 1871.

La colère et Napoléon III.

Quand la colère aveugle égare la raison,
Qu'elle irrite l'esprit, détruit l'audition,
Tout homme frémissant d'un accès frénétique
Paraît aux gens sensés ridicule, comique.
Ainsi qu'on plaint les fous, plaignez l'homme emporté ;
Faites fi des gros mots qu'il dit sans dignité. (1)
Son discours inspiré par des passions folles
Pourrait-il vous blesser à cause des paroles ?
La langue qui babille en vite se mouvant
Ne produit que du son de même que le vent.
Passez votre chemin, feignant de ne l'entendre ;
L'eau qui monte en bouillant ne manque de descendre.
Du reste, un sentiment qui se trouve endormi
Devra-t-il garantir ce que bouche a vomi ? (2)

On voit des insensés, parlant de nos défaites,
Appeler trahisons nos savantes retraites !
Selon eux l'empereur n'aurait été qu'un sot,
Lancé par Ollivier dans un fatal complot,
Ourdi par von Bismark, grand chancelier de Prusse,
Homme pétri, dit-on, de mensonge et d'astuce.
Les deux Napoléon, politiques profonds,
Ont été, selon eux, des monarques bouffons !
Ils ont versé du sang pour vaincre l'anarchie,
Plus encore en perdant leur vaste monarchie !
Le héros de Montmartre et ses grands généraux
Certe ne sortent point leurs glaives des fourreaux, (3)
Quand bien même l'eût dit le grand ministre Emile,
S'ils n'ont tous pressenti la victoire facile !
— « Ce gredin de monarque, empereur avorton,
Des bonapartes fût un louche rejeton ;
Tua la liberté pour voler la couronne,
Qu'il a souillée vingt ans de sa tête friponne... »

— Patience, messieurs, modérons nos accès ; (4)
Parlons plus poliment d'un monarque français,
Qui fut élu jadis par de nombreux suffrages,
A qui le monde entier a rendu ses hommages (5)
— « Ce fut un grand parjure, un ignoble larron,
Qui ruina (5) son pays ; le soutint en poltron !... »
— « Il commandait en chef le jour de la bataille ;
N'a-t-il point affronté le fer et la mitraille ?
Il fit prendre à Sédan ses bataillons armés
Pour leur sauver la vie : il les a trop aimés. »
« Un homme ignorant tout, qui gouverna la France,
Possédant des instincts mais point d'intelligence,
Meurtrissait chaque jour notre pays dupé,
Lui volait son avoir qu'il a tout dissipé.
Ce vil aventurier, au bout de l'aventure,
Veut jouer un grand coup pour sa progéniture ;
Mais il naquit bandit, et non grand général
Aussi perdit-il tout d'avoir joué si mal... »
— « Il avait cependant d'importants personnages
Qui, pour le conseiller, touchaient d'assez forts gages ? »
— « Le ministre Ollivier est un fort grand bavard,
Mais de la politique, il n'a jamais su l'art.
Le maréchal Lebœuf est une sorte d'âne,
Qui n'a que la bêtise enfermée dans son crâne.
Un jour, à la tribune, il étouffa la voix
D'un fin homme d'Etat, au sens, à l'esprit droits !
Je suis prêt, dit Lebœuf, à conquérir le monde :
Il faut, pour le plus tôt, que notre canon gronde !
De grands cris répétés, frénétiques bravos,
Poussés également par les partis rivaux,
Empêchent de parler l'orateur le plus sage,
Qui disparut hélas ! pendant le triste orage.
On sait ce qu'il advint. — Le maître et le valet
Ne doivent-ils traîner au talon un boulet
Qui mirent la patrie aussi près de l'abîme,
En faisant d'un grand peuple une immense victime.
J'appelle un châtiment plus grand que leur forfait,
Mais c'est bien vainement, car Dieu n'en a point fait. »

Il existe parfois des courroux légitimes,
Qui le sont d'autant plus qu'ils sont plus unanimes.

Notre tâche n'est pas de punir l'ignorant
Quand un malheureux peuple est malade ou mourant.
Soulageons tout d'abord la plus grande misère :
— Devant des pleurs nombreux, se calme la colère !

Commentaires.

(1) Est un peu barbare.
(2) L'article devant *bouche* peut faire défaut.
(3) *Du fourreau* serait mieux.
(5) Le second hémistiche est oiseux.
(5) *Ruina* est dysillabe. On prononce ruine (rui) comme (rui) dans *bruit*
(6) Sous toutes apparences, l'exagération est forte.

L'absolution du crime.

Romulus tue (1) son frère, et l'on en fait un Dieu.
On met en paradis Constantin le pieu,
Qui fait mourir son fils, fait étouffer sa femme, (1)
Torture ses parents d'une manière infâme.

Dans l'histoire des juifs, il n'est pas que des faits, (2)
Dignes de sainteté, mais aussi des forfaits. (3)
David, comblé de biens par son royal beau-père,
Arme six cents brigands, contre lui fait la guerre ; (4)

Dévaste la campagne, égorge ses amis ;
Et, pour que des forfaits qu'il a partout commis, (5)
On n'en sache jamais la honteuse nouvelle,
Il tue même l'enfant qui pend à la mamelle.

L'asssssinat d'Urie et l'adultère absous,
Ne devaient-ils plutôt éveiller le courroux ? (6)

On tue son petit-fils; le fait servir à table,
Et l'on a dans l'histoire un nom bien respectable !

Il est des écrivains qui, comme Béruyer,
Ont parfois pour le crime un pardon tout entier;
Ils jettent même encor des fleurs de rhétorique
Sur le sanglant couteau qu'un Aod fanatique

Enfonce jusqu'au bout dans le ventre d'Eglon,
Et de Jacques Clément, par l'eau du goupillon, (7)
Le saint siége blanchit l'âme noircie du crime,
Dont un monarque impie est devenu victime. (8)
Ne désespérons pas, qu'un jour dans l'avenir,
On ne pardonne au gueux, que l'on vient de bannir,
Pour avoir plus commis, dans vingt ans tyranniques,
De vols, d'assassinats, que tous les temps antiques.

4 septembre 1870.

Commentaires.

1. *Tue* ne peut et ne doit être disyllabique. De même que les versificateurs suppriment l'e muet dans le corps des mots et le remplacent par un accent circonflexe placé sur la voyelle précédente, comme dans dévouement (dévoûment), dans *tue,* on ne doit prononcer l'e muet ni devant une voyelle, ni devant une consonne. Comparons les deux sons *tü* et tu-*eu?* La prononciation de tue, qui est brève, ne peut admettre la prononciation (tu-eu)

1. Cette répétition du verbe n'ajoute point de force. Ce vers n'est pas harmonieux.

2. Tournure peu élégante.

3. Ce tour de phrase, où un verbe avec négation permet de sous entendre un autre verbe sans négation, n'est pas de la dernière pureté de langage.

4. Cette inversion n'est pas élégante.

5. Forfait est répété deux fois dans cinq vers. On peut taxer cela de négligence.

6. Le courroux de qui ?

7. Cette inversion est forcée. Goupillon rime mal avec Eglon.

8. Ces deux vers sont d'une mauvaise diction.

Le Pyrrhonisme en Histoire.

On écrivit toujours étrangement l'histoire,
Où trop souvent hélas tout est contrdictoire,
A cela toutefois, il n'est rien d'étonnant,
Tellement il fut peu jadis et maintenant (1)

De sincères auteurs, racontant telle chose,
Dont connaissant l'effet, ils ont cherché la cause.

En moins de temps possible, on veut le plus parler ;
Pour beaucoup raconter, grandement compiler !

On juge d'un pays à l'aspect d'un seul homme.
Tel qui vit un Romain décrit longuement Rome.
De cent façons ensuite on copie toute erreur,
Qui traverse les temps, dupe chaque lecteur :
Ce sont trois millions de soldats en Egypte.....
Des miracles nombreux du peuple israélite...
Aussi, jeunes lettrés, ne désespérez pas,
En voyant tant d'écrits s'amonceler par tas,
De devenir savants sans savoir ce qu'ils disent (2) :
Ils se répètent tous, s'ils ne se contredisent (3).

Faites un heureux choix du bon et du mauvais.
Qu'un discours bien fleuri, par de brillants attraits,
Ne vous rende crédule aux tissus de mensonges,
Imaginés jadis en de fantasques songes (4).

Mais que vos vues toujours, guidées par la raison,
Vous fassent procéder avec comparaison.
De deux faits contestés, donnez la préférence
A celui qui paraît plus lourd dans la balance.
Ne vous laissez jamais séduire par un nom,
Dont vous croyez à l'œuvre à cause du renom (5).

On a vu peu d'auteurs briller par le bon sens !
Emailler son discours de mots éblouissants,
Conter avec emphase une riante fable,
En l'ornant pour le mieux d'une enveloppe aimable,
Au détriment du vrai, tel est le genre vain
Du style gracieux de tout grand écrivain.

Bien que l'Esprit des Lois soit une œuvre immortelle,
Son texte est reconnu pour être peu fidèle.
D'où vient donc le succès du grand Montesquieu ?
— « D'avoir appris des faits qu'on connaissait fort peu
C'est que son livre attaque aussi la tyrannie, (6)
Qu'il a très-fortement démasquée et honnie (7) ;
Qu'il console l'esclave et plaint parfois ses fers :
L'opprimé le bénit partout dans l'univers. » (8)

Sa persécution par des gens fanatiques
Lui valut l'amitié des plus antipathiques.

Grotius, Barbeirac, en son genre ont écrit.
Ainsi que Puffendorff, mais avec moins d'esprit.
Et ni Burlamaqui, ni Bodinus, ni Hobbe (9),
N'ont fait autant que lui du bien à notre globe.
Mais dans Montesquieu la lettre n'apprend rien :
On oublie trop souvent qu'on est historien.
De nombreuses erreurs, des fautes assez grosses, (10)
Quelques inductions et citations fausses
Démontrent que l'auteur n'était point un savant :
On a donc bien raison en le désapprouvant (11).

Quelques relations de très-douteux voyages
Ont trop servi de source à ses pompeux ouvrages,
Où l'on dit que les mœurs de pays inconnus
« Sont de telle façon, que les gens vont tous nus !...
» A Patane, dit-on, la passion des femmes
» Est si grande, qu'un homme, en face de ses flammes,
» Est obligé souvent, pour se mettre à l'abri,
» D'implorer le secours de quelqu'autre mari....
» Voilà pourquoi l'Espagne a fondé l'esclavage
» Chez les Américains : — C'est que sur un rivage,
» On trouva des paniers remplis de limaçons,
» Sauterelles, serpents et de divers poissons (12),
» De cancre et de tabac ! des vers dans une fiole :
» Les gens n'y faisaient pas la barbe à l'Espagnole !!! »

L'Esprit des Lois contient des choses de ce goût,
Ridicules souvent, inexactes surtout.

L'éloquent Bossuet conte fort mal l'histoire (13)
Bien qu'il soit pour la France une immortelle gloire.
Il use son génie à déguiser l'erreur (14)
Sous un style fleuri, respirant la grandeur :
Devant tant d'éloquence, on le croit sur parole,
Et fait luire à son front une vive auréole (15) !

Cet immortel auteur fut un homme savant,
Mais, pour notre malheur, catholique fervent...
Il immola le vrai pour mieux servir son culte,

Qui, pour se soutenir, a besoin de tumulte (16)
Le ton de l'éloquence, et ses tours gracieux,
L'artifice en histoire ont été dangereux.
Pour tout récit exact, la meilleure parure
Doit être simplement la clarté la plus pure.

Il ne fut, selon moi, personne sur la terre,
Qui sut mieux commenter que le sensé Voltaire.
Pour la première fois, sous son puissant esprit
Et sa grande raison, la lumière se fit.
On ne vit plus dès lors l'impudent Jésuite
Enfanter des erreurs, mutiler ce qu'il cite.

De cette race encor, s'il en fut quelques-uns
Pour tourmenter le vrai de discours importuns,
Ils se turent bientôt sous la vive satire,
Qui déchaîna contre eux un unanime rire.

. . . .

Quand des siècles nombreux sont dans l'obscurité,
Qu'on est aise de voir luire la vérité !
Voltaire dénonça les préjugés antiques:
Qu'atteignirent en plein ses traits philosophiques.
« Mon Saint-Père, dit-il : Vous qui jouez au Christ,
« Vous n'êtes à mes yeux qu'un parfait ante-christ: (17)
« Vous faites l'opposé de ce que Dieu commande :
« Il paya des tributs : Vous prélevez l'amende.
« Il fut simple sujet, et vous êtes puissant.
« On vous a vu méchant; lui fut compatissant.
« Le Christ allait à pied, et vous en équipages
« Pauvre il naît, pauvre il meurt; vous avez de forts gages.
« Jésus défend l'épée à Barjone Simon;
« Vous avez des soldats pour..... aller au sermon ! (18)

. . . .

Commentaires.

1. Il y a ici une licence poétique, sinon une faute de français : ou dans l'esprit du lecteur, il est dit *fut jadis et maintenant*, ou *fut jadis, est maintenant*. Dans les deux cas, le vers est répréhensible.

2. Ce rapprochement de deux articulations semblables est contre l'harmonie.

3. Des commentateurs sévères condamneraient les deux rimes *disent* et *contredisent* : un verbe et son composé.

4. Ce vers est tiré par les cheveux; il est presque exclusivement là pour la rime.

5. Peut-on dire l'œuvre d'un nom ? Un style châtié doit bannir cette forme. L'idée seule, qui est ici assez mal exprimée, a pu empêcher la suppression de ces deux vers.

6. Pour que le vers ait toute sa force, il faut : C'est que son livre *aussi attaque* la tyrannie ; mais il y aurait un hiatus et une syllabe en trop dans le deuxième hémistiche.

7. Fortement qualifie mal démasquée.

8. Ce vers, qui résume les quatre précédents, manque d'aplomb.

9. La rime a forcé à dénaturer l'orthographe de Hobbes.

10. Grosses, finit mal un vers.

11. Il manque d'explications à la conclusion. L'harmonie veut aussi qu'on évite l'emploi d'un participe présent précédé de la préposition *en*.

12. Il faudrait *de sauterelles, de serpents.*

13. L'exagération est trop grande.

13. *User son génie* est une figure assez hasardée.

15. Il y a pléonasme. Il est déjà dit que Bossuet est immortel.

16. Manque d'explications.

17. On doit éviter de faire rimer christ et antechrist. non parce que ce sont deux composés ; mais parce que ce sont deux rimes isolées.

18. Ce passage n'est pas assez harmonieux.

Décadence du Goût.

Dans la France barbare enfin paraît Corneille.
Le génie de la langue au même instant s'éveille.

De Marot et Malherbe, on voit sur les écrits
Rapidement grandir un trop juste mépris.

Les beautés de Corneille, émerveillant Racine,
La scène bientôt parle une langue divine.

Oubliant les mortels, on aurait vu ces dieux
Ne parler désormais que comme on parle aux cieux,

3.

Si le sensé Boileau, leur rappelant la terre (1),
Ne les eût retenus aux bords de la grammaire.

Les accents d'Athalie à peine sont éteints
Que la froide raison vient changer les destins :
Le monde ouvre les yeux en entendant Voltaire,
Qui répand dans la nuit une vive lumière.

Du sublime et du vrai, Zaïre et Mahomet
Se sont seuls élevés jusqu'au plus haut sommet.
Maintenant notre siècle, écumant d'impuissance,
Loin de les admirer, crée une autre jactance
Son esprit ne pouvant peindre avec assez d'art
Passe sur ses tableaux une couche de fard !

Le monde dépravé s'ennuie dans Andromaque, (2)
Cinna, Pompée, Brutus, et fait comme la claque
Quand sur la scène on parle avec obscénité !
Qu'importe que les mots aient de la dureté ?...
Que le style, émaillé de grossiers barbarismes,
Insinue à l'esprit de désastreux sophismes ?...

Aujourd'hui l'essentiel est de remplir la scène ;
A se faire écouter, on n'aura pas de peine !
Si de Molière encor, le théâtre rempli,
Sur Voltaire parfois jetait seul de l'oubli,
Ce serait différent : Le français aime à rire, (4)
Et le misanthrope est une belle satire
Mais éviter Marianne ! admirer Benoiton !
Si le bon goût existe, en quels lieux le voit-on ? (5)

Commentaires.

1. *Leur rappelant* est un peu dur, quoique la rencontre de deux r soit
la plus douce.
2. Monde *dépravé* est dur.
3. *Ce serait différent* est une forme prosaïque.
5. *Quels lieux* est dur.

Le XIXᵉ siècle.

Il faut vivre longtemps pour connaître le monde,
Où la valeur est rare, et la sottise abonde.
Où les hommes de bien et d'esprit à la fois
Ne sont jamais régis par les communes lois ;
Où l'on n'a plus d'esprit que pour tromper les autres,
Où le gueux voleur dit : Toutes choses sont nôtres... (1)
A-t-on de la finesse, on veut être un coquin,
Dont l'âme desséchée est un vil mannequin,
Qu'on tourne à volonté vers la hausse ou la baisse
Pour voler le voisin avec le plus d'adresse
Le grand art de voler a de grands partisans
Condamnés d'autant moins qu'ils sont plus séduisants.
Dieu ! que de mains sans doigts on verrait sur la terre
Si tous les doigts crochus, habiles à mal faire
Restaient bien accrochés à ce qu'ils vont voler ! (2)
Plus d'un, peu soupçonné, se verrait dévoiler.
Mais le plus grand coquin est rarement puni ;
De la société, bien loin d'être banni,
Son nom a de l'éclat selon ses équipages,
Car plus *ceux-ci* sont beaux, plus on *lui* rend d'hommages (3)
On devient chaque jour un peu plus paresseux,
Et l'on veut néanmoins être toujours heureux.
On use donc d'esprit, si l'on n'est pas trop bête ;
On décide en tous cas d'être le moins honnête.
Voilà ce qu'il advient quand on raisonne ainsi :
Voyons ! pourquoi souffrir le plus petit souci
Quand nous avons un temps déterminé pour vivre ?
Si l'or ne courait trop, on le pourrait poursuivre ;
Mais il faut se gêner le moins que l'on pourra,
Et qu'il advienne après la chose qui voudra.
En attendant, parbleu ! servons-nous du mensonge,
L'auxiliaire adroit de mon bras qui s'allonge
Pour vider les goussets, et bien emplir les miens
Pendant que je fais voir des aspects aériens !
Les idiots forcément sont un peu plus honnêtes ;

Il en est cependant qui, faisant des courbettes,
S'usant bien moins l'esprit que leurs rampants genoux,
Arrivent à leur but en même temps que tous :
La ruse et la boue sont, pour les vils parasites,
D'infaillibles moyens pour toutes réussites.
Le mensonge ici-bas nous fait le plus de mal,
Car c'est un combattant tout-à-fait déloyal ;
Visiteur clandestin, il entre par la porte,
La plus faible : L'orgueil ; convainc de telle sorte
Que tous ses auditeurs croient qu'il faut bien mentir
Pour avoir de l'esprit et le faire sentir.
Le mensonge en ce monde est si rempli de zèle
Qu'il ne s'y fait plus rien qu'en tout il ne se mêle.
Qui donc le fait agir et se multiplier ;
Qui peut prendre le soin de le salarier ?
On ne peut s'expliquer son lieu de provenance.
Non plus que la raison de sa grande existence.
Partout on le salue en tout le genre humain ! (4)
Le trouve-t-on bien mis, on se range en chemin,
Et l'on ne sait passer sans estimer d'insulte
D'être appelé menteur : on fait un grand tumulte !
On demande sans cesse où nous pouvons aller
Avec un tel courant qui veut tout voir crouler ;
Notre siècle fiévreux nous conduit à l'abîme,
En créant la folie, et protégeant le crime.
Peu de gens éclairés, mais beaucoup d'ignorants
Ont pris en ces temps vains pêle-mêle leurs rangs (5)
Tandis qu'on voit marcher si vite la science,
Chaque progrès moral est dans la décadence.
Des sages, il est vrai; vont à la vérité
Par l'épineux chemin, trop souvent sans clarté,
Où presque tous sont morts sans l'avoir rencontrée ; (6)
Mais ceux qui l'ont atteinte à qui l'ont-ils montrée ?
La science a pour but de rapprocher de Dieu,
Nous montrer sa grandeur, et que nous sommes peu. (7)
Mais sur un milliard qui vivons sur la terre,
Combien n'en est-il pas pour qui tout est mystère ?
Un grand génie fait-il quelques inventions,
L'Industrie en reçoit les applications.
Certes, il est fort beau de voir notre puissance.

S'accroître chaque jour par notre intelligence......
On ne peut qu'admirer de jolis appareils ,
Qui montrent aux savants la couleur des soleils.
Par la combinaison de tubes et de glaces ,
Notre faible regard peut fouiller les espaces !
On peut voir dans la lune et montagne et vallon ;
On se peut promener dans les airs en ballon ;
Mais on laisse ronger l'univers aux deux faces ,
Par des vices hideux aux si profondes traces !
La vapeur s'agitant peut d'un grand bond franchir
La terre et l'océan pour aller enrichir
De produits inconnus des contrées fort lointaines ; (8)
Elle court dans les monts, sur les humides plaines ;
Elle escaladera même les cieux profonds ,
Si nous traçons la voie et puis si nous chauffons ! (9)
Le globe s'entretient par un subtil fluide,
Qui fait le tour du monde en un instant rapide.
Quand le soleil s'éteint il jaillit des pavés
D'autres points lumineux qui, le jour captivés ,
Effacent sur le sol l'ombre mystérieuse :
Le gaz est pour le monde une immense veilleuse.
La vertu cependant ne prend pas pour venir
La machine à vapeur, coursier de l'avenir.
Le bien ne parle pas une langue électrique.
Eclaire-t-on le mal par le gaz carbonique ? (10)
Hélas ! plus on avance, et plus on voit de maux,
Et ce n'est pas de ceux qu'on lave aux baptismaux !
Le progrès certe est nul qui va de pire en pire ;
Plonge de plus en plus ce siècle en son délire ;
Il faut un grand remède à cet immense mal ,
De même que l'instinct conduit chaque animal ,
Le vice fait entendre à l'aveugle misère
Qu'elle doit spolier pour vivre sur la terre.
Enseignons ! Eclairons ! Faisons le plus de bien ;
C'est le plus beau devoir, car le reste n'est rien.
Le génie naît et croît quand tout en lui s'éveille,
D'autant plus fortement que Dieu, qui le conseille,
Lui consacre un devoir plus immense à remplir !
Il voit sous de grands maux l'humanité pâlir ;
Et c'est là ce qui fait ses douleurs immortelles

Sa puissante âme pleure... à quoi serviront-elles
Ces larmes d'un grand cœur, plein d'amour concentré ?
Sa voix s'éteint hélas ! sans nous avoir montré
Quelque soulagement à ce mal incurable !
Alors il continue à bâtir sur le sable.....

. . . .

Bientôt le genre humain sorti de la poussière,
Devenu boue depuis, rentrera dans la terre !

Commentaires.

1. La force que peut donner à la diction, la répétition de *où* est douteuse. tandis que l'harmonie en souffre incontestablement.

2. *Vol* et *voler* sont répétés avec intention, c'est vrai; mais beaucoup trop.

3. *Ceux-ci sont* est dur.

5. *Pêle-mêle leurs* est dur.

6. *Tous sont* et *avoir rencontré* sont durs.

7. Il faut : *de nous montrer*, quoique l'harmonie puisse en souffrir.

8. Fort n'est pas le mot propre,

9. Il faudrait « si nous lui traçons la voie... » et *puis est suranné et vicieux*.

10. Ce vers n'est pas harmonieux à cause du peu de variété dans les sons.

Idéologue-Poète-Rimeur.

Le poète est loin d'être un homme Idéologue,
Qui fournit un courant d'idées mises en vogue;
Vraie machine qui pense à tort ou de travers, (1)
Et qui fait circuler sous la forme de vers,
Le plus d'idées qu'il peut, qu'ainsi donc il déguise. (2)
Tels gens ne sont longtemps sans dire une bêtise.
Le poète plutôt doit faire ressortir (3)
Avec goût d'un sujet qu'il vient de travestir,
D'autant plus de beautés qu'il fait mieux sa peinture ,
En observant toujours le son et la césure ,

Que notre Académie a tant préconisés,
Qu'elle a fort justement au poëte imposés ,
Et qui sont en effet sans cesse indispensables
Aux palpitants tableaux, aux églogues aimables. (4)
Les vers chez les rimeurs sont si bien torturés,
Qu'en les lisant parfois, même les plus lettrés ,
Ne peuvent en finir la profonde... lecture :
Souvent le *pied* y mange une belle *figure*,
La *rime* fait toucher le bon sens, la raison ;
Pour avoir du *tonique*, on met à l'horizon
Des choses devant être à cent lieues dans la terre ;
On rime richement : c'est là toute l'affaire ! (5)
Par exemple l'on dit : « — De tous temps les Romains , (6)
Qui vécurent jadis, ont eu des doigts aux mains !... »
Parfait! ces rimes-là. *Romains, aux mains*, sont riches .
Les deux alexandrins forment quatre hémistiches.
Ça ne suffit-il pas ? La raison peut boiter ,
Dire à rebrousse-poil, sans cesse radoter ;
Dans un vers de six pieds, lorsque l'on se voit ceindre
Par le point, la virgule et on ne doit pas se plaindre.
Un conseil aux rimeurs : « Votre oreille aime bien
« Que parmi quelques mots, quoiqu'ils ne disent rien ,
« Il en soit pour le plus qui tous sonnent de même. (7)
« Ne faites plus rimer d'un vers que le sixième,
« Messieurs, voyons ! Il faut qu'il rime tout entier.
« Le bon sens et l'esprit vous vont remercier..... (8)
« Dites ensuite que Pékin est en Savoie,
« Que la ligne ouest-nord est la directe voie.
« Puis il faut être sobre en pensers trop nouveaux,
« Les ruminer longtemps, les laisser aux cerveaux,
« Les faire examiner par des raisons solides ,
« Avant de les soumettre à des esprits stupides.
« On ne doit pas toujours croire à son jugement,
« Car il peut obéir à son orgueil qui ment. »
Le rimeur ne dit rien, ne fait tort à personne ;
Aurait-il de la verve? Eh! vite il la bâillonne ;
Fait garder son esprit par de solides *pieds*,
Un *mètre* alexandrin , vers rimant tout entiers.....
Tonique très-ronflante , à l'*accent* bien terrible !...
C'est de cette façon qu'on n'est jamais nuisible !

Commentaires.

1. L'usage a consacré la locution *à tort et à travers;* cela ne peut se dire en poésie. Pourtant c'est une locution qui exprime bien ce qu'elle veut dire. La forme de ce vers ne sera-t-elle un peu trop hasardée?

2. Ce membre de phrase pourrait être placé plus avantageusement.

3. *Faire ressortir* est dur.

4. *Tableaux aux* n'est pas harmonieux.

5. Ces jeux de mots seront peut-être condamnés par des gens d'un goût subtil.

6 Par exemple *l'on* est pour la mesure de l'hémistiche.

7. *Tous sonnent* est dur.

8. *Vous en vont remercier* serait mieux.

L'Egoïste.

L'égoïsme partout régit la nation ;
La vie n'est maintenant qu'une opération ,
Ayant pour but de faire à chacun sa fortune ,
D'oublier l'indigence, un peu trop importune !
Quand l'amour du prochain est inconnu de tous,
Que les cœurs restent durs ainsi que les cailloux , (1)
La faiblesse ici-bas expire en la misère ;
Qu'elle meure en grand nombre, on ne s'en soucie guère !
Penser à soi; c'est tout Ils perdent la raison,
Ceux qui font avorter toute combinaison,
Pour s'être trop émus sur le pauvre du monde : (2)
Il faut qu'ici tout manque, et que là tout abonde.....
C'est un bien grand succès des esprits sur les cœurs
Qui fait qu'on meurtrit tout pour atteindre aux grandeurs.
On a de la pitié pour ceux aux yeux humides,
Eux-mêmes s'oubliant pour penser aux flancs vides !
Cœur rongé par le lucre, esprit calculateur,
Ton âme sans vertu ne connaît le bonheur !
Tu t'émousses les sens avec ton bénéfice,
Si tu ne pâlis point, saigné par l'avarice !

La volupté du cœur, résultant du bienfait, (3)
Est plus douce cent fois, quoiqu'elle ait moins d'attrait,
Que le mondain plaisir d'être dans l'opulence,
Si l'on ne sent en soi sa pure conscience !
L'égoïste ainsi pense : « on a su travailler ;
» Pourquoi pour le prochain se vouloir dépouiller ?
» Faut garder ce qu'on a pour les temps de misère : (4)
» Si je souffrais un jour, on ne m'aiderait guère !
» Serait-il juste donc de se gêner pour tous,
» Puisque nous sommes nés pour ne songer qu'à nous ?
» Il est des fainéants qui chaque jour mendient :
» C'est qu'ils y prennent goût, puisqu'ils se multiplient! »
      Monstre de cruauté !
      Devant sa dureté,
      Mon courroux se désarme :
      Mon œil verse une larme ! (5)
Qu'il soit cent fois maudit ce siècle de l'argent,
Où chacun devient riche en tuant l'indigent ;
Où l'on foule à ses pieds le souffrant qui soupire,
Pour arriver plus vite au but que l'on désire !
Vains éclats! vains honneurs ! vulgaire ambition !
Vous vous dissiperez tels qu'une illusion :
Ce qui s'élabora dans le creuset du vice, (6)
On le verra mourir comme au gré d'un caprice!
      Est-il plaisir plus doux
      Que de s'entr'aimer tous ?
Le plus grand châtiment pour punir l'égoïsme,
Ce serait de goûter à la joie du civisme ! ! (7)

Commentaires.

1. Ce vers est une variante du précédent

2. *S'être trop* est barbare.

3. *Cœur* est répété deux fois dans cinq vers.

4. La suppression du sujet *il* est répréhensible. D'ailleurs, cette négligence peut se reporter sur le discours vulgaire de l'égoïste.

5. Ces hémistiches intercalés dans des Alexandrins ne seraient point excusables dans un genre soutenu, surtout dans la satire et dans l'épître.

6. *Creuset du vice*, expression hasardée.

7. *Civisme* n'est pas tout-à-fait le mot propre ; mais cette poésie a été faite sous l'impression du manque de patriotisme d'une certaine classe de la société française.

Une sortie contre les Jésuites par un Voltairien.

« Sales pitres pointus ,
« Jappez vos béatus , (1)
« Un œil sur la douairière,
« Brouillant une prière,
« L'autre œil vers les grands cieux ;
« Quand on voit vos regards sortir de vos deux yeux,
« On dit : ces gredins-là ne croient guère à la vie
« Qui doit durer toujours. L'argent leur fait envie
« Bien plus que l'Eternel. Qu'ils sont drôles ces gueux !
« A la curée, vit-on des diables plus fougueux ?
« Leurs vils museaux aigus, vraies pompes à sacoches ,
« A l'aide du mensonge, ont su vider les poches.
« Certes avec talent ! On les voit défiler
« Aux jours de grande fête, un par un, puis hurler.
« On ne vit pires grecs dire en latin grimoire
« Aussi mal entendu de leur sot auditoire !
« Leurs cœurs dans le fourreau, le psaume entre les dents ,
« Groupés en foule noire au dehors, au dedans
« Conduits par des pensers bilieux et sinistres,
« Ces fantômes véreux, ces *eunuques*..., ces cuistres,
« Prêchent tous l'évangile, et font plus de délits
« Que dans leur noire vie, ils en ont tous bénits.....
« Seigneur. dans ta puissance,
« Dis d'eux ce que tu pense ! (2)
« Ils jetteraient au vent ton crucifix poudreux,
« S'ils y croyaient gagner ; ces cafards monstreux
« Te tiennent chaque jour noyé dans l'eau bénite !
« O crasse ! ronge donc le clergé parasyte,
« Qui plonge dans la boue après s'être signé !
« Peut-on ne pas bondir m lle fois indigné ?.....

Supplication.

« Oh ! ne soulevez pas son antique poussière.
« Laissez-la reposer dans sa divine bière.

« C'est mon Dieu, dites-vous ?
« Non ! ce Dieu n'est qu'à nous.
« Qui voulons la vertu, régnant sur tous les globes
« Pour étouffer le mal qui germe dans vos robes !! »

Commentaires.

1. *Japper* est verbe neutre : il ne devrait pas régir un complément direct. Cette faute est commise souvent.

2. Licence poétique, qui permet de supprimer l's à la seconde personne d'un verbe de la première conjugaison ou à la première et à la deuxième des autres conjugaisons.

Un roi ou un empereur.

— La France veut un roi ! crie le conservateur...
— Elle ne peut plus longtemps vivre sans empereur,
Nous insinue de loin une bande friponne,
Dont le seul espoir est qu'un jour on l'emprisonne.
Ces coquins que chassa notre indignation,
Croient entendre le vœu de notre nation ;
Dans l'appel des marchands de fleurs artificielles,
Sabreurs ambitieux, estafiers ou donzelles.
Pour faire de ceux-ci de *bons* républicains,
Augmentons leur négoce, et par suite leurs gains :
Chamarrons tous les fracs, dorons la valetaille ;
Prodiguons-bien l'argent, gouverneurs de Versaille !
Taisez-vous, vils gredins, cessez vos noirs écrits :
La France n'a pour vous qu'un immense mépris.
On ne conteste point, honnêtes et grands princes,
Votre droit de régner sur nos riches provinces ; (1)
Mais le trône est usé : vous n'y resteriez pas,
Et vous entraîneriez tout un peuple au trépas.
Le Français de nos temps aime l'indépendance ;
Par simple instinct il a, du juste conscience.
Et quand il est instruit, il vous est supérieur ;
Laissez-le de ses biens être administrateur.

Ayez égard surtout à ses grandes misères :
N'irritez pas les maux que lui firent les guerres.
Et vous, gens ignorants, chez qui la liberté
Grandit dans votre esprit quand s'y fait la clarté,
N'ayez plus pour les rois qu'une profonde haine ,
Qui gronde sourdement, mais toujours se contienne.
Ne souffrez-vous assez, pauvre cultivateur ,
Faut-il donc vous courber sous un joug oppresseur?
Pour l'homme digne et libre, un roi! C'est une honte.
Voilà ce que l'histoire , à ce sujet, raconte :
« Le grand Louis quatorze, entouré de sa cour,
« Faisant siffler son fouet, dit sans aucun détour :
« Messieurs du Parlement, c'est moi qui vous ordonne
« De parler chaque fois que je vous éperonne! »
Ainsi l'intelligence, en notre nation.
Serait encor fouaillée ? — Assez d'abjection !!

Commentaires.

1. *Princes* et *provinces*, rimes condamnées.

Le Mécontent.

Il existe ici-bas des gens déraisonnables
Pour tenir des propos presqu'à ceux-ci semblables : (1)
Pourquoi serais-je né pour être malheureux ?
De mourir cependant je ne suis désireux.....
Car je crois que bientôt c'est mon tour d'être riche,
Si cette fois encor par trop on ne me triche....
Ah ! je les vois ces gueux... vouloir m'en empêcher.
Halte-là ! Pour de bon, nous allons nous fâcher ;...
Monsieur aux huit ressorts, si l'on fait bonne chère,
C'est qu'on est , de tous temps. l'heureux fils de son père.
Ce n'est que pour cela qu'il est tant d'impudents
Qui mangent la nature, et nous montrent les dents.

C'est à mourir, vous dis-je, à mourir, plein de rage...
Après tout, songeons-y, ce serait bien dommage ;...

      Usons plutôt nos jours (2)
      A leur jouer des tours.....
      Je ne suis méchant homme ;
      Mais un chagrin m'assomme ;
      Je ne me contiens plus ,
      Devant les superflus
      Insultant la misère, (3)
      Et je suis en colère !.....

On paie cent millions à ceux qui ne font rien ;
(Que donne-t-on à moi qui travaille si bien ?...)
On leur adjoint des gens, aidant à ne rien faire ;
Et s'il est du travail, c'est pour le secrétaire !
Ils ont la caisse en main, et puisent tous dedans,
Et c'est presque jamais qu'on trouve d'excédents.
Ils font pourtant parfois quelques petites dettes...
En le cas seulement où l'on fait des emplettes :
Un milliard suffit pour une seule fois ;
Pour le faire payer on formule des lois ! (4)
Je trouve que souvent on change les ministres.
Si ceux qui l'ont été s'inscrivaient aux registres , (5)
Et la somme d'argent qu'ils ont bien pu gagner ,
On verrait qu'il vaut cher d'avoir qui sait signer !
Je ne me plaindrais plus si l'on voulait m'y mettre
Cinq minutes à peine... à quand mon tour de l'être ?
Il vient après cela certains ambassadeurs,
Montrant à l'étranger le degré des grandeurs,
Par dépêche écrivant les programmes de fêtes,
Le prix des diamants des diverses cassettes.....
Ils ruinent (5) le trésor par leurs déplacements,
Qu'ils multiplient dit-on, selon les règlements.....
C'est comme celle-là que je veux une place :
L'aller, sans le retour, emplira la besace..... (6)
S'il est de riches gens , ce sont les gros banquiers,
Acquérant leur fortune en changeant des papiers ;
Ils tonnent à la bourse, y faisant hausse ou baisse,
Achetant et vendant avec égale adresse,
Toujours à contrepoil pour dérouter les gens ;
Le gain dépend des tours que jouent certains agents.....

Il est vrai que la place est assez libérale ,
Mais il me manque hélas ! la chose capitale......
Est-on négociant, on gagne mais on perd :
On achète vraiment l'avoir que l'on acquiert......
Moi ! je veux être heureux sans m'en donner la peine...
Or, il n'est qu'un métier qui pour cela convienne : (7)
   Ministre accapareur ,
   Roi, sinon empereur ! ›
Peut-on moins respecter des gens plus respectables?...
Les droits divins du roi seraient-ils contestables?
Ne sait-on qu'un ministre a beaucoup de talent?
Qu'on ne se plaigne donc qu'il devienne opulent ! (8)
C'est une récompense à son juste mérite......
Et quant aux empereurs ce sont des gens d'élite......
Que Dieu met ici-bas, s'il est content de nous
Pour être plus heureux sous leurs utiles jougs !...
Le peuple s'évertue en devenant esclave...
Il apprend le courage en mourant comme un brave !...
L'ouvrier est souvent hostile aux gouverneurs , (9)
Ministres enrichis et divers agioteurs ,
Parce qu'il gagne peu, qu'il travaille sans cesse,
Et qu'il croit que ces gens vivent dans la paresse !

Commentaires.

1. L'inversion est forcée.

2. Figure hasardée.

3. Misère est par métonymie pour misérables ; sans cette acception, il faudrait *insulter à la misère*. On insulte quelqu'un ; on insulte à quelque chose.

4. Ces deux *pour* rapprochés sont d'un effet désagréable.

5. Il faudrait une explication après régistres.

6. *Ruinent* est disyllabe dans le corps d'un vers, de même ruine, s'il n'y a ellision.

7. On trouvera besace un peu familier si l'on ne songe point au caractère de l'homme qui parle.

8. Un seul métier est annoncé, et il y en a trois de cités, métier n'est pas le mot propre.

Cela peut-être classé dans la licence de *plusieurs sujets au singulier qui précèdent un verbe au singulier*.

8. Donc qu' choque l'oreille ; difficile à prononcer.

9. L'ouvrier est...... est dur.

L'Avare et le Farceur.

L'Avare.

— « A quand verrai-je donc régner l'économie ?
Ah ! certe ce sera le beau jour de ma vie !
On va nager sans cesse en des flots d'or... oui d'or ;
Mais il faut pour le voir, vivre longtemps encor ! »

Le Farceur.

— « Parbleu ! l'on nagera forcément dans la terre,
Les trésors..... »

L'Avare.

(A part.)	(Haut.)
— »	Saurait-il ? On n'ira pas j'espère... »

Le Farceur.

— « Les trésors de ces gens... sont cachés quelque part...
Les hommes tels que vous, mon cher père Cafard,
Les mettent en lieu sûr... »

L'Avare.

— «   L'or en Californie
Est en terre, en effet, loin de là je le nie ;
Mais dans la pauvre France en a-t-on vu jamais !..... »

Le Farceur.

— « Parce qu'on l'enfouit, c'est ce que je disais... »

L'Avare.

— « Excepté toutefois dans... les comptoirs d'escompte,
Où du matin au soir, il baisse s'il ne monte,...
Mais nul ne cache l'or s'il en a dans sa main...
On le peut plutôt voir s'étaler en chemin... » (1)

Le Farceur.

— « De sorte qu'on peut être économe et pas riche ? » (2)

L'Avare.

— « Oui. N'est riche ici-bas que celui-là qui triche... (3)
Quand on est honnête homme ainsi que je le suis,
Car j'acquitte ma dette... autant que je le puis,...
Qu'on fait le bien souvent... quand on le juge utile,...
Comme l'enseigne à tous le divin évangile,
Que ses enfants sans cesse élevés grandement
Sont toujours revêtus d'un bel accoutrement...
Que l'on change de linge autant que c'est possible...
Quand soi-même l'on est, quoique non ostensible..... » (4)

Le Farceur.

— « Parlons de vous un peu... D'où vous vient cet habit ? »

L'Avare.

— « De chez un commerçant... qui me faisait crédit.
J'y pris le même jour... toute une houppelande,
Qui fut faite jadis sur certaine commande.
Elle avait une mine à vivre fort longtemps :
Mes enfants et moi d'elle avons été contents :
Elle a de nombreux jours supporté la fatigue... »

Le Farceur.

— « Se vêtir amplement est d'un homme prodigue.
Je ne m'explique pas que sur un corps flûté, (5)
L'économiste mettre en telle quantité
Des draps qui coûtent cher.....
            (Le Farceur pince père Caffard)

L'Avare.

— «   On me fit une veste
De tout le capuchon..... et de ce qui me reste,
J'en vêtirai plus tard ma femme et mes enfants
La doublure leur fait des objets attifants ! »

Le Farceur.

— « Vous devez bénir Dieu de vous avoir fait maigre,
Car on se moque bien de ressembler au pègre,
Si l'on met sa famille en un seul vêtement.....
N'auriez-vous le secret d'un tel tempérament ! »

L'Avare.

— « Pour se très-bien porter..., il faut pour le mieux vivre...
Qu'aux excès si coûteux, jamais on ne se livre. (6)
Pour avoir appétit, il faut amasser faim , (7)
Ne boire qu'en mettant beaucoup d'eau dans son vin ,
Combiner savamment le pain et la pitance,
De manière à manger selon la tempérance !... »

. . . .

L'avare en ramassant une coque de noix ,
Décout ses pantalons, qu'il avait trop étroits,
On le monte à grands frais dans certaine voiture ,
Pour lui raccommoder la fâcheuse couture...
Lorsqu'on a peu d'étoffe et que l'on est pointu,
Il vaut cher de percer ce dont on est vêtu ! (8)
Parfois le ridicule est puni sur la terre :
On guérit un défaut par le défaut contraire. (9)

Le Farceur.

— « Hé bien ! père Caffard ? Nagera-t-on bientôt
Dans un fleuve doré ? Le monde n'est qu'un sot...
Pourquoi n'y pas courir ensemble tout de suite ;
On y serait bien mieux que dans l'air qu'on habite...
On n'aurait pas besoin des omnibus privés
Pour cacher aux curieux (10) des faits mésarrivés...
Economisons donc ! n'allons plus en voiture...
Ne marchons que pieds nus : n'usons plus de chaussure ! (11)
Certe nos pantalons ne se découdront plus ,
Car du monde ils vont être entièrement exclus !
Déjà quelques tailleurs de loin vous remercient...
Et maudissent en chœur ceux qui les salarient...
Qu'on se passe de feu ; qu'on s'habitue aux froids.
On n'aura pas besoin de coquilles de noix !
Quand l'homme pourra vivre avec de l'eau limpide,

4

Il satisfera mieux l'ambition sordide;
Il n'achètera plus, mais il vendra toujours...
Vendeurs seront nombreux pour maintenir les cours !
Laissez rouiller votre or pour avoir la richesse ;
Prêtez à cent pour cent ; mais jamais à la baisse ;
Le donnez moins encor quand on le vent pour rien,
Et n'ouvrez pas l'oreille au gueux qu'on nomme Bien.
Si l'on meurt si souvent un peu dans la misère ,
C'est qu'on n'enfouit point des trésors dans la terre! »

L'Avare (épouvanté).

— « Ah ! maintenant qu'on sait où j'ai mis mes trésors,
Certe il faut que du moins j'en aie de grands rapports. «

(Il se sauve).

Le Farceur.

— « Ce parchemin, suant l'eau pour l'or, se suicide,
Inhume sa fortune et garde ventre vide ! ! !
C'est un cas de folie, y songez-vous, docteurs ?
Du mal qu'il adviendra, vous êtes les auteurs ! »

Commentaires.

1. Le langage de l'avare est un peu contradictoire, on a voulu faire ressortir le trouble de l'avare en face de l'éventualité d'une initiation du
farceur au lieu du trésor de l'avare.

2. *Pas riche* est d'un style familier. Du reste, ce dialogue est familier
jusqu'au bout. C'est le canevas d'une comédie, qui manque d'intrigue.

3. *Celui-là* est suranné.

4. On a essayé de faire parler l'avare selon son caractère monomane.

5. *Corps flûté* est hasardé.

6. La construction est un peu vicieuse. Le verbe *faut,* sous-entendu en
second lieu, devrait commander un infinitif au lieu d'un subjonctif.

7. *Appétit-il* est dur.

Guerre civile.

Ne peindrait-on l'image ardente de l'enfer,
Quand de même que Dante, on en ressent la flamme :
Que l'on voit son pays déchiré par le fer,
Traîné par les cheveux dans une guerre infâme ?
Que de grotesques gens, de vils comédiens (1)
Font couler, en tous sens, des sangs concitoyens ?
On a vu des forfaits sous la triste Commune
Qu'absoudrait vainement la voix de la tribune !
Faites pour s'entr'aimer, des légions, nées sœurs,
Qui reçurent le jour au sein de notre France,
Ont été ses bourreaux, et non ses défenseurs,
L'ont salie des accès de leur vile démence ! (2)
Certe on serait coupable en ne punissant pas
Ceux qui menaient horreur ! tout un peuple au trépas !
La France tiraillée et toujours frémissante,
Foulée des pieds sanglants de ses cruels enfants, (3)
Qui s'égorgent sur elle, était presque impuissante
A chasser d'alentour de tels feux étouffants ! (4)
Elle est dans un délire, insensé, si brûlant (5)
Qu'une pulsation de la fièvre intestine,
Qui la dévore, horreur ! est un pas vers la tombe !...
Se hâte-t-on d'éteindre un mal aussi violent ?
Guerre civile ! à quoi, dis-nous donc, on destine
Ta proie infortunée ? — Hélas ! à l'hécatombe !
Je pardonnerais tout, excepté l'attentat
Qui tue la nation en renversant l'Etat !
Oh ! après un si long, si désastreux orage, (7)
Donnant le plus de peine, hélas ! à conjurer,
Dont le souffle terrible à sa pauvre patrie,
Courbe un front fier jadis, qu'on se sent plein de rage,
Quant à le voir plus fier on ne fait qu'aspirer,
Pour les fous criminels trop tard qu'on expatrie. (8)

Commentaires.

1. Epithètes surabondantes.
2. Ce vers est de trop.

3. Ce vers n'est pas coulant.

4. *Feux étouffants* est obscur.

5. *Insensé, si...* est dur.

6. *Dévore horreur* est difficile à prononcer.

7. Ces épithètes ne disent point assez. *Trop tard* devrait être après qu'on *expatrie.* Ces six derniers vers sont mauvais. La rime n'est point croisée selon les règles de la versification.

En ce fragment, on a voulu condenser les idées d'un poème sur la guerre civile, et l'on a laissé trop de côté les règles de la clarté, de la précision et de l'harmonie.

Le Radical et le Prêtre.

Que de fois, gens sensés, en voyant un jeune homme (1)
Converser avec vous d'un ton qui vous assomme,
Vous avez préféré le frivole viveur
Au fat de dix-huit ans qui parle en vieux docteur.
L'un plus que l'autre, hélas ! ne nous est guère utile ;
Mais de deux viciés, mieux vaut le plus docile ;
Et je tiens pour certain qu'il n'est gens plus têtus
Que les demi-savants, suffisants, absolus ! (2)
Qu'un sage vieillard parle au pédant de l'école,
C'est certe celui-ci qui prendra la parole. (3)
Sa voix sentencieuse et son verbe assuré
Pronostiquent, dit-il, un art prématuré !
« *Moi je* vois qu'en ce monde, on devra tout refaire ;
« Il faut que les vieux sots usent de *ma* lumière,
« Sinon abdiquent tous, et *me* laissent agir,
« Avec les préjugés, *je* veux vite en finir :
« *Je* commence d'abord par supprimer le prêtre,
« Qui doit pour notre bien au plus tôt disparaître :
« Il surprend les enfants aux bras de leurs parents ;
« Se fait payer fort cher pour les rendre ignorants.
« Il martyrise l'homme en voulant sauver l'âme ;
« Corrompt le pur amour en confessant la femme ;

« Flétrit l'intelligence eu limitant l'esprit;
« Etouffe la vertu, honnit ce qu'elle écrit!
« Conçoit-on qu'en ce siècle on soit naïf encore
« A nourrir dans son sein un ver qui le dévore ?
« Plus que jamais il faut faire des citoyens,
« Par un travail honnête acquérant quelques biens.
« Des membres du clergé, créés par la nature
« Pour avoir comme tous une progéniture ?...
— « Comptez-vous donc pour rien leurs nombreuses vertus,
Les biens de Dieu pour tous dûs à leur oremus?
L'austérité toujours, le jeûne et la souffrance,
Le bon exemple en tout, une longue abstinence ?
Du village aux hameaux, le généreux pasteur
Partage à l'indigent les bontés de son cœur.
Confonds les délateurs, ô charité sublime !
Montre leur donc a tous la vertu qui t'anime.... »
— « Le vrai bienfait toujours se doit cacher aux yeux,
Qu'il vienne du laïque ou du religieux.
Si dans toute l'église, il est cent bonnes âmes,
On ne pourrait compter celles qui sont infâmes!
Tels prélats qui jadis furent miraculeux
Nous ont déconcertés par des faits scandaleux !
C'est en vain aujourd'hui qu'un dévot cénobite
Me parlerait de Dieu d'une voix hypocrite :
Moi je supprimerais le clergé trop coûteux,
Dont le mal est certain, et le bien fort douteux !... »
Ce jeune homme d'Etat, pour renverser le monde,
Possède, je l'avoue, une verve féconde ;
J'observe toutefois que les *je, ma, mon, moi*
Sont l'objet singulier d'un bien fréquent emploi !

Commentaires.

1. *Gens sensés en voyant* est très-répréhensible.
2. Une des épithètes est de trop.
3. *C'est certe celui-ci* est dur. Un présent qui commande un futur :
(J'affirme que c'est celui-ci qui prendra la parole.)

L'Indiscret et l'Héritier.

(Canevas d'une comédie en 1 acte.)

L'Indiscret :

Qu'avez-vous, vieux père Lupanard,
Pour ainsi vous tenir à l'écart ?
On vous vit tantôt si plein d'ivresse
Qu'on ne peut croire à votre tristesse.
Oui chez vous un pareil changement
Ne vient pas d'un tel tempérament.

(L'Indiscret tape sur le ventre de Lupanard)

Eh ! pourquoi gardez-vous le silence ?
Vous avez par trop de défiance.
Dites-moi ! voyons ! tous vos chagrins ;
Je me veux laisser rompre les reins
Si l'on sait de cela quelque chose.
Expliquez votre métamorphose :
Je puis certe à vos maux compatir,
Car mon âme est fort apte à sentir :
Et faut-il que je rende service,
Je le fais, à moins que je ne puisse...

L'Héritier :

— J'avais donc certaine vieille tante,
Qui n'était dame ! pas bien portante.

L'Indiscret :

Je conçois que vous soyez si triste.
Quand on perd ses parents, on s'attriste :
N'a-t-on pas en soi les mêmes sangs ?...

L'Héritier :

Elle a bien quatre-vingt-mille francs,
Deux maisons, dix-sept arpents de terre,

Un jardin avec superbe serre,
Guérets, bois, terrains non défrichés,
Du bétail sur beaucoup de marchés,
Lui pouvant bien rapporter encore
Mille francs, peut-être plus, j'ignore...

L'Indiscret :

Je comprends, mon pauvre Lupanard,
Et je prends à la perte ma part...

L'Héritier :

Dis m'en donc la manière, imbécile !
Crois-tu bien que ce soit très-facile ?

L'Indiscret :

Certe oui. Le malheur est bien grand
Qu'a causé votre tante en mourant,
Pleurons celle à jamais endormie
Qui connût si bien l'économie...

L'Héritier :

La sentant mourir, j'étais... ému...

L'Indiscret :

Oh ! je sais par quoi vous étiez mu...
L'amitié...

L'Héritier :

Mais elle vit encore :
Maintenant c'est ce que je déplore !

L'Indiscret :

Que nous vient-il apprendre ? on sait ça mieux que lui :
On est tante, et l'on meurt. On laisse un héritage,
Des neveux héritiers ; si quelque chose a lui,
Ce ne sont point des pleurs sur leur joyeux visage.

Chassons-les![1]

L'empire corrupteur, aux organes livides,
Après avoir pourri de ses vapeurs fétides
Un pays énervé, mais grand et généreux, —
Qui se débat encor sous des accès fiévreux,
Est mort dans le tourment, n'est plus qu'une charogne,
Qui vite disparaît sous le ver qui la rogne ;
Mais la mouche sordide, en volant alentour,
Lui dérobe un virus, qui tourmente à son tour.
De ces mouches il faut éviter la piqûre :
Pour cela chassons-les du sein de la nature.

Un désastre.

Sous un ciel glacial, nos légions vaincues,
Que raréfie la mort, courent à l'horizon,
Qui semble fuir sans cesse au fond des étendues,
Gardant sur le désert la même inclinaison.
Une nombreuse mort, helas ! couchée en ordre,
Se dévoile partout, -- squelettes alignés,
Armes brisées, sang, os, chair, drapeaux trépignés,
Un air dix fois glacé, sans cesse prêt à mordre ; (1)
S'offrent seuls au regard dans ces lieux éloignés. (2)
On entendait parfois dans ce grand cimetière,
Où l'on creusait sa fosse en de si courts instants,
Le frisson parcourir nos soldats grelottants,
Qui moururent chrétiens, mais sans nulle prière !
Cet immense désert, en tous sens, parcouru
Par de blancs tourbillons, que meut un vent terrible,
Est un gouffre béant où tant ont disparu,
Serrés par les bras secs d'une mort indicible !
Des nuées de corbeaux, semblant venir des cieux,

Qui chantaient tous en chœur, d'un sinistre air, leur fête. (3)
Fouillaient d'un vif regard le cadavre en retraite,
Que couvraient, mais en vain, nos drapeaux glorieux !
Ceux qui n'ont respiré que la gloire et la poudre,
Se voient rongés vivants, non tués par la foudre. (4)
Le soldat sans chaussure, aux mains, aux pieds raidis,
La barbe, les cheveux toujours chargés de givre,
Un habit de verglas sur ses reins engourdis,
Trébuchait puis tombait, de même qu'un homme ivre !
Ils tombaient en grand nombre et ne se levaient plus,
Et l'océan neigeux le couvrait de son flux.
Chaque pin semblait être un cristal immobile,
      Aux 'fins bras dentelés,
Immense candélabre en ces pompes funèbres,
  Pour le soldat obscur, les généraux célèbres, (5)
      En désordre mêlés,
Egalement couverts d'un blanc linceul mobile !
L'air retentit partout des plaintes de forclos,
De capotes vêtus ou de sales lévites,
D'habits rapetacés, le tout à peine clos, —
Pour la garde impériale, étranges parasites. —
Des escadrons en loque, aux shakos défoncés,
Recouverts de haillons ou de toiles sanglantes,
Hâchés de coups de sabre, et de balles percés,
Ont pour plus fiers coursiers, de maigres rossinantes ! (7
Visages dévalés aux yeux ternis et hâves,
Aux lugubres regards, sombres ou menaçants.
Certains, quoique vieillis, encore restés braves,
Stimulaient la cohue avec de forts accents. (8)
Des troupeaux affolés, cohortes faméliques,
Au bruit de leurs tambours, drapés de noirs frimas,
De clairons enroués aux sons rauques, étiques,
Accouraient au pays, à la mort en amas !!

Commentaires.

1. Un *air* qui *s'offre à la vue* n'est pas exact.

2. *Lieux éloignés* finit mal cette petite description. Sans la rime il aurait été supprimé.

3. *Sinistre air* est pour la mesure de l'hémisticfie. On dit: « air sinistre.»

4.

4. Foudre et poudre sont deux rimes condamnées.

5. On pourrait aussi dire *les soldats* ; à tous égards, *le soldat* a semblé mieux être.

7. *Rossinantes* finit mal cette description.

8. Le deuxième hémistiche n'a point assez de vigueur. L'auteur s'est inspiré de la description du comte de Ségur sur la retraite de Russie.

Réflexion-Mélancolie.

A quoi bon s'attrister un peu trop en ce monde ,
Plonger et replonger une importune sonde
Dans un cœur inconnu qui n'est jamais content ,
Parce qu'il se nourrit d'un fiel irritant?
Qu'est-ce qu'on veut savoir ? — Si Dieu nous a fait naître ,
C'est pour jouer un rôle, et non pour tout connaître... (1)
Faisons notre devoir en prodiguant le bien ;
Nos consciences, sûr ne diront jamais rien !
Hélas ! on est mordu bien moins par des caprices (2)
Ou par certains désirs que par les nombreux vices!
Méfiez-vous toujours des hommes bilieux:
Ils couvent tant de maux qu'il en sort par leurs yeux.....

Commentaires.

1. Trop vague.
2. *Des caprices* est mauvais.

Le Dandy et ses Fournisseurs.

On ne peut supporter quelqu'un de vaniteux,
Tout comme si soi-même on avait l'air piteux !
Quoi ! vous déplairait-il qu'un dandy prit la peine
De se faire à vos yeux une mine hautaine,
De fouler avec grâce asphalte et macadam.
Rire en montrant ses dents en face d'un quidam, (1)
Lever un peu l'épaule et pencher en arrière,
Se diriger aux cieux, abandonner la terre...
Fermer l'œil à demi, si ce n'est tout-à-fait,

Qui lance des regards produisant tant d'effet,...
Délicats à ne voir qu'à travers des lunettes,
Variant de couleur de blanches à violettes... (2)
Il est gênant, je sais, d'être touché souvent
Par leur coude un peu haut ou par leur canne au vent ;
Mais bah ! ils font si bien, les deux poings sur la hanche,
Quand de droite et de gauche, élégamment on penche,
Que l'on se peut laisser caresser les deux flancs
Une fois par hasard par des coudes galants... (3)
Vous semblez oublier de donner, quand on passe
Pour se faire admirer, suffisamment d'espace !
Que de maux ces messieurs pour vous n'ont-ils soufferts :
La bottine les pince à rentrer dans les chairs...
Parfois ils sont forcés, pour ne pas perdre haleine,
Et ne point voir leur sang s'arrêter dans la veine,
D'un peu se desserrer dans un endroit caché ;
Pourtant nul devant vous ne s'est jamais fâché ?...
Ces messieurs font cela, donc l'orgueil a lieu d'être,
Car ils ont bien compris qu'à l'instar de l'ancêtre,
Pour perfectionner ce pauvre genre humain,
Il fallait le vêtir en aimable gandin.
Ils travaillent sans cesse à leur pénible tâche,
Du matin jusqu'au soir sans trêve ni relâche... (4)
Et vous critiqueriez ceux qui se font martyrs
De dame vanité ? Qui passent leurs plaisirs,
Pleins d'abnégations, à rechercher la mode,
Dont ils usent toujours avec goût et méthode ?
Qui ne mettent dehors jamais leurs mains sans gants,
Noircissent leurs cheveux par des couches d'onguents ;
Epilent avec art leurs barbes ou leur tête,
Embellissent le front de celui par trop bête ; (5)
A-t-on jambe cagneuse, on a grand pantalon ;
Est-on un peu petit, on grandit le talon !
On s'amincit la taille autant que c'est possible,
L'embonpoint se *fond* même un peu s'il est flexible.
On greffe un poil sauvage où le crâne est poli ; (6)
On empourpre fort bien un visage pâli. (7)
Une bouche à créneaux nous menacerait-elle,
Un habile docteur vite la démantèle,
Orne chaque mâchoire, aussi bien, même mieux

Qu'elles n'étaient jadis, d'ivoires gracieux.
La paupière parfois est-elle un peu rougie,
On ombre en crayonnant les traces de l'orgie ;
On carmine la lèvre, on satine les teints :
Les visages sont donc de jolis masques peints ! (8)
Seule, la vanité sondoie l'art, la science,
Forme, épure le goût, enrichit l'élégance ; (9)
Le gandin qui frétille et qui chante Iadri...
Qui remplit ses devoirs quand sa bouche a bien ri,
Promène ses mollets.... ses jabots, ses baguettes,
De diverses façons, c'est selon les toilettes,
Mobile sanctuaire aux diverses odeurs,
Il répand des parfums de même que les fleurs ;
Donne des maux nouveaux à tout dictionnaire
En usant d'un nom noble en place du vulgaire...
L'homme ne fait que croître, embellir chaque jour
Par son esprit pratique... et son brillant atour ;
Il se vêt de couleurs variées, éclatantes ; (10)
Les sages viendront-ils de leurs bouches savantes
Dire que le progrès est peu sensible encor,
Lorsque la belle mode, estimée de trésor...
D'une marche rapide, enjambe les deux mondes
Qu'elle éblouit chacun de ses soyeuses ondes ?
Le progrès que fait l'homme est dû certe aux dandys.
Qu'on nomme bien à tort de jeunes étourdis !
En face de cela, ne trouvez-vous modeste
Le vaniteux à qui vous ne prêtiez qu'un geste ?... (11)
Un savant osa même avancer que l'orgueil
Fit à chaque science un bienveillant accueil...
             Donnons lui la parole
             Pour conter l'hyperbole :
« Le monde, disait-il, est peuplé de tailleurs.
Pour expliquer l'algèbre, ils seraient bredouilleurs,
Je l'avoue, mais aussi géométrie pratique,
Arpentage, dessin, un peu d'arithmétique,
Pour coupe avantageuse et combiner leurs prix
Sont d'eux bien pratiqués sinon très-bien compris.
Ils sont surtout adroits en la tenue de livre : (12)
Créanciers, débiteurs ne font que s'y poursuivre...
On multiplie au Doit, et soustrait à Avoir ;

Pour cela bien comprendre, il faut de près le voir :
Et si le débiteur n'acquitte point ses dettes,
Le créancier apprend à protester les traites.
Sans l'orgueil, le tailleur serait bien moins savant,
Et le savetier donc, qui fit auparavant,
Des bottes à vue d'œil, que l'on force à connaître
Le système métrique, afin de lui permettre
> De faire aux plus gros pieds,
> Les plus petits souliers !
La cambrure lui donne un goût de statuaire
Qui ne guérit que quand il est millionnaire...
Tout cela, sans l'orgueil, fut inconnu longtemps
Aux tailleurs, savetiers et foule d'exploitants.
Tandis qu'en trop d'endroits, on meurt dans la misère,
Que l'enfant au berceau crie le lait de sa mère, (13)
Qui, sans travail ni pain, ne pouvant le nourrir,
Est obligée, horreur ! de le laisser mourir,
L'orgueil conduit le monde en de beaux attelages,
Avec chevaux fringants, des laquais ou des pages ;
> Un seul morceau de pain,
> Echappé de sa main,
> Pourrait sauver la vie
> A l'âme qu'a ravie
Une aumône perdue. un sou pour l'indigent ;
Mais le vaniteux donne autre usage à l'argent !

Commentaires :

1. Cette suppression de la préposition *de* ne devrait point être autorisée. Pourtant l'harmonie en souffrirait beaucoup.

2. Violettes n'est pas précisément la couleur du binocle du dandy.

3. Est dur.

4. Vers de *remplissage.*

5. Expression bizarre.

6. Il n'y a nulle intention de faire un jeu de mots ; ce serait de trop mauvais goût.

7. Fort bien ne dit point ce qu'on aurait voulu dire.

8. La conclusion peut paraître déplacée si l'on perd le fil de l'ironie. L'ironie ne doit point être continue ; elle doit *s'échapper* à propos ; c'est ce qui est rare et qui constitue l'art de la bien pousser. Celle-ci manque de force et de finesse à la fois.

9. *Forme, épure,* un des deux verbes est de trop.

10. Se vêtir de couleurs est une expression mauvaise.

11. Quel geste ? on est obligé de le deviner ou plutôt de se rappeler les grimaces à la mode que fait le dandy sur le trottoir.

12. Il faudrait *de livres.*

13. *Crier* est un verbe intransitif dans ce cas ; il ne peut régir un complément direct.

Le débiteur Bonaparte.

Redoutant le neveu du grand Napoléon,
Les partis animés discréditent son nom.
Mais c'est bien vainement que le légitimiste,
Fier de son droit divin ; le doux orléaniste, (1)
Tout récemment déchu ; le rouge radical. (2)
Le vrai républicain, même le clérical (3)
Le recommandent tous, chacun à sa manière,
Aux électeurs de France en une circulaire : —
« Pendant sa vie privée, il fut fort débauché,
« Sans cœur et sans esprit, par-dessus le marché,
« Comme il était sans biens, il mangea ceux des autres,
« En se faisant parfois aider par ses apôtres. »
Il gravit néanmoins les marches du pouvoir ;
Le clergé lui donna de grands coups d'encensoir !
Ce fut un président, ma foi ! des plus honnêtes :
Il songea, tout de suite, à payer quelques dettes.
Les petites d'abord, car toute république
Est un gouvernement par trop économique.
Ah ! quelle différence avec ces gros budgets
Qu'acquittèrent si bien ses généreux sujets !
Ce n'est qu'à ce moment qu'il put les payer toutes,
Ne craignant plus dès lors de tristes banqueroutes.
Les créanciers en chœur lui prêtent grandement,
Prenant pour caution la France seulement,
Leur confiance était bien grande en ce monarque ;
Notre dette flottante en est la sûre marque.
La caution est bonne, on n'en douta jamais ;
Mais le grand débiteur est hélas ! bien mauvais !

Commentaires.

1. Epithète oiseuse.
2. Explication inutile.
3. Le deuxième hémistiche traîne.

L'Adultère.

—« L'univers est rongé par un vice hideux :
C'est l'insolite amour et ses plaisirs honteux.
En nos temps corrompus, où la pudeur éteinte,
Devant un vil regard ne souffle plus de plainte (1).
On voit le noir cynisme affronter la vertu (2)
Et lui faire baisser son visage abattu.
C'en est fait maintenant! le vice a la victoire :
Le bien n'est qu'un vain mot. L'honneur n'est qu'illusoire.
On profane, grand Dieu, ce sentiment d'amour,
Placé dans chaque cœur, afin que l'homme, un jour,
Songe avant de mourir, à laisser sur la terre (3)
De tout autres enfants que ceux de l'adultère. »
—« On dit que les Romains se faisaient des amis
Pour jouer chez ceux-ci le rôle de maris.
Un époux malheureux doit à la Grèce même
De porter sur le front un ridicule emblème...
Les infidélités d'Hélène à Ménélas
Ont traversé les temps de leurs fameux éclats.
Toutes les unions, bien ou mal consacrées,
Etaient bien vues de tous dans ces grandes contrées.
L'histoire de ces temps raconte toutefois
Que pour régler cela, Lycurgue fit des lois :
Chaque femme dès lors fut à la République
Pour donner plus d'enfants. Le but était civique...
Avant on avait vu des maris impuissants
Introduire chez eux de beaux adolescents. »
Fort bien ; mais aujourdh'ui cela n'est plus de mode :

Aussitôt les cocus vont consulter le code ;
Cassent leur mariage et font les libertins.
Nénmoins il se trouve assez d'adultérins.

Commentaires :

1. *Souffle plus* est désagréable. *Plainte* devrait être au pluriel.

2. L'hiatus qu'il y a entre ces deux vers est dur, bien qu'il soit autorisé
par la prosodie. Dans le corps des mots, l'hiatus se présente fréquem-
ment. L'usage fait qu'on le supporte. Dit-on *a eu?* L'oreille est frappée
désagréablement.

Prestige de l'armée française.

Chaque tradition s'efface tous les jours,
Et fait que le progrès ne marche qu'au rebours.
Il n'est rien aujourd'hui que les hommes respectent :
Leur meilleur ton pour tous n'est que lorsqu'ils affectent.
Plus de prestige, hélas ! aux yeux indifférents,
Qui n'ont que des regards bourrus, irrévérends.
N'est-il triste de voir un tel dévergondage
Se hâter de grandir chaque jour davantage ?
Je crois que maintenant le monde est renversé,
Puisque l'on n'agit plus comme dans le passé,
Et que nous provoquons notre perte certaine
En suivant un courant qui vite nous entraîne :
On marche côte à côte avec des gens dorés,
Au long sabre battant d'écarlates jarrets,
Sur lesquels gens scintille une riche épaulette,
Galon et bouton d'or, sinon une aiguillette !
Vous ne saluez point, bourgeois en redingote,
Une large poitrine en tunique ou capote,
Où s'étalent les croix de l'univers entier,
Héraldique exposé du plus riche armurier ?
Vous ne voyez cela qu'avec indifférence :
De l'homme à l'officier, il n'est plus de distance !
On ne se range plus quand on trouve en chemin

Des habits faits pour plaire à tout le genre humain !
Que doivent en penser ces gens à mine fière, (1)
S'ils ont lu dans l'histoire avec quels yeux naguère (2)
On voyait le clinquant, — d'où naît l'ambition,
Qui fut dans notre armée une contagion ? (3)
Grave physionomie, avec forte moustache,
Surmontée crânement de coiffure à panache, (4)
Des yeux assujettis par un hausse-col d'or,
Qui fixe leurs regards dans leur hautain essor,
Ont attiré toujours de leur côté ma vue
Parmi tant de passants qui marchent dans la rue.
Le général peut n'être un bon tacticien,
S'il embellit encor, par un noùveau moyen,
Le brillant apparat de notre belle armée ;
Il faut, pour agrandir sa grande renommée.
Qu'il dore son habit, même le pantalon,
Que tout brille, en un mot, de la tête au talon !
Revêtez donc ainsi le glorieux courage,
Qui, se voyant orné d'un si bel apanage,
Obtiendra d'autant plus de grands et beaux succès
Qu'il ressemblera mieux à l'officier français.

Commentaires :

1. *Penser ces* est dur.
2. *Avec quels* est dur.
3. Vers mauvais.
4. Il faudrait *d'une coiffure.*

Les beaux parleurs.

On ne saurait assez blâmer les beaux parleurs,
Qui soulèvent chez nous des flots d'admirateurs.
Certe, il n'est rien pour rendre une oreille attentive
Que de l'entretenir d'une chose fictive.
Bien aligner les mots, faire ronfler sa voix ;

Quand quelque chose va, le dire plusieurs fois.
Serait-on assez sot d'arrêter sa parole,
Pour réfléchir parfois sur l'idée un peu folle,
Quand on trouve si beaux les parlers cadencés,
Toujours bien soutenus, avec art nuancés?...
Les idées ne sont rien dans un discours bien riche,
Que l'on revêt partout de profondeur postiche.
Pour être bien utile à la société,
Il suffit que l'on parle avec habileté.

Les grandes questions de notre politique
Sont traitées chaque jour selon l'art emphatique
De diverses façons. D'où des combats fort vifs
Entre des orateurs plus ou moins agressifs.
Après un tourbillon de noms et d'épithètes,
Plus ou moins colorés, — selon les étiquettes, —
Toujours accompagnés de mouvements de bras,
Qui plus tôt que la langue, hélas! deviennent las,
Chacun a démontré ce qu'il a voulu dire
Que l'un traitât du mieux et les autres du pire.
Avec verve ces gens commentent notre histoire.
Il faudrait posséder une étrange mémoire
Pour retenir le quart de ce qu'ils en ont dit.

Ils pronostiquent tout.. sur ce, on ne les dédit
Tellement ils voient loin, de leurs yeux perspicaces,
Dans les temps éloignés ou dans les grands espaces.
La parole est donc tout; la réflexion, rien;
Il n'est entre elles deux, dès lors, aucun lien,
La parole jadis fut fidèle interprète (1)
De ce qui fut pensé dans telle ou telle tête;
Les incessants progrès font agir autrement:
Ils tuent (2) l'intelligence; instruisent l'instrument.
Vous causez de grands maux, parleurs intarissables,
En léguant à chacun des bêtises aimables!
Docteurs inconséquents, avocats trop zélés,
Écrivains si féconds, orateurs ampoulés,
Taisez-vous! taisez-vous! Laissez dire le sage:
On ne dit rien de bon avec votre verbiage.
Songez à ce que sont ceux à qui vous causez,
Étant pour la plupart si mal organisés,
Si remplis de sottise ou de grande ignorance

Qu'ils retiennent pour vrai ce que dit la jactance.
Les erreurs dans la nuit accouchent du forfait.
Tout le monde est garanti de ce qu'il aura fait.

Commentaires :

1. *Parole* est répété deux fois dans trois vers.
2. Ce serait bien le cas ou jamais de compter dans *tuent* deux syllabes
(tu-ent) dire qu'il y a trois lettres muettes sur cinq? Beaucoup seraient
révoltés! — Pourtant dans *soient, aient,* on *prononce soi, ai* et non
soi-ient, ai-ent.

Les bureaucrates.

Le monde bureaucrate est partout composé,
Sauf les exceptions, d'un parti mal aisé.
Jamais dans les bureaux par trop on ne travaille,
Ou dans le cas contraire, on ne fait rien qui vaille.
En général aussi c'est fort peu lucratif,
Tant il est souvent vrai que tout est relatif.
On voit le mécontent se lamenter sans cesse,
Sur la position de son choix qu'il professe,
De grâce! Taisez-vous : vos propos sont oiseux.
Le destin n'a pas tort qui vous vit paresseux
Fuir votre ambition pour être plus tranquille,
Aborder le chemin qui semblait plus facile.
Il en est parmi vous qui ne se plaignent pas ?
— « C'est que s'ils n'étaient là, dame! ils seraient plus bas. »
— Hé bien ! parlons un peu du travail que vous faites,
Ainsi que de chacun les diverses recettes... (1)
Pour vous voir de plus près, entrons au ministère,
Un fouillis de papiers cache un chef secrétaire,
Surveillant à lui seul... un plumerge au repos,...
Echangeant tous les deux parfois de petits mots,...
Egalement armés d'une fort belle plume,

Fonctionnant peu vite ainsi que de coutume !
Là, l'on voit une tête aux regards abrutis,
Roulant sur des rayons ses deux yeux indécis.
Ailleurs, ici, partout, la figure hébétée,
Sur des gens différents, se trouve répétée,
En additionnant leurs esprits, au total
On n'aurait même pas l'instinct d'un animal... (2)
Ces gens dont nous parlons, à la société,
Ne sont, il est bien vrai, d'aucune utilité ;
Bien qu'ils ne soient pourtant aucunement nuisibles ;
Mais on est étonné quand dans ces vies paisibles
On trouve des gredins qui spéculent sur tous,
Qui vendent le mensonge en rampant à genoux.
L'œil bilieux qui louche, épie son camarade.
Rayonne tant de maux que lui-même est malade. (3)
Ce visage sordide , hypocrite et menteur, (4)
Des sincères propos, est perfide auditeur ;
Il se fait le tourment du père de famille ,
Le dénigre pour prendre un pain qu'il lui gaspille ! (5)
Quand messieurs les mouchards vont être plus nombreux,
J'ai pour dernier espoir qu'ils se mangent entre eux ;
        L'instinct du misérable
        Est tant infatigable
Qu'on prend plutôt le cuistre à se calomnier ,
Qu'à cesser son trafic de peur de l'oublier. (6)
Les crimes sont payés par la monnaie des braves ;
Le courage a la croix des poltrons aux yeux hâves !
Grève-t-on le budget ? C'est pour ces chenapans ,
Qui sont d'une faveur les seuls participants.
Il est temps qu'on mette ordre à toutes ces affaires ,
Car de cette injustice, eux seuls, les ministères
Ne souffrent pas hélas ! mais bien le peuple entier.
Dans les bureaux d'Etat, comme en chaque métier,
Mieux vaut qu'on soit payé suivant que l'on travaille ,
Que se payer soi-même en faisant peu qui vaille. (7)

Commentaires.

1. Cette inversion manque d'élégance, et de plus on est obligé de construire la phrase grammaticalement pour voir si celle-ci est bien française (ainsi que *les* diverses recettes de chacun). *Les* est pour *des*.

2. L'exagération est trop forte.

3 Il serait mieux de dire « lui-même en est malade ».

4. Il y a une épithète de trop dans le 2ᵉ hémistiche.

5. Le dénigre pour *lui* prendre un pain qu'il gaspille serait plus clair.

6. Les 4 vers ne sont suspendus que par le sens. Des hémistiches conviennent peu à un sujet de ce genre.

7. Il y a ellipse de la proposition *de*

Gloire aux Femmes de France.

Après de vains efforts, livrée à l'Etranger,
La Patrie expirante aspire à se venger, —
Grâce aux Jeanne d'Arc qui , de nos ruines fumantes ,
Expulsent par l'argent des hordes insolentes. —
Au monde ému, qui voit notre sol en tous sens
Se dépouiller de tout à leurs tendres accents ,
Leurs noms seront plus chers que ceux de Béthulie ,
Amadis , Arria, Porcia , Cornélie.

ERRATA.

Page 14, vers 19, lire : c'est moi, *certe*, et non certes.
Page 16, lire qui *existent*, et non existe.
Page 20, lire *concision*.
Page 40, lire : *n'est pas consciencieux*.
Page 48, *titaniques*.
Page 52, lire : *absous.*
Page 63, lire : *virgule on*, changer le vers :
On peut dire après ça que Vienne est en Savoie
Page 67, lire : *elle ne peut longtemps.*
Page 67, lire : *nation.*

www.ingramcontent.com/pod-product-compliance
Lightning Source LLC
Chambersburg PA
CBHW060436260626
47161CB00005B/1943